LIBRAIRIE DE MICHEL LÉVY FRÈRES
RUE VIVIENNE, 2 BIS

LA
MAISON DU BAIGNEUR
DRAME EN CINQ ACTES ET DOUZE TABLEAUX
PAR
AUGUSTE MAQUET

REPRÉSENTÉ POUR LA PREMIÈRE FOIS, A PARIS, SUR LE THÉATRE DE LA GAITÉ, LE 4 FÉVRIER 1864

DISTRIBUTION DE LA PIÈCE

PONTIS.	MM. DUMAINE.	LAFOUGERAIE.	A. LOUIS.
SIETE-IGLESIAS	LACRESSONNIÈRE.	LE BAILLI.	BRIAND.
DU BOURDET.	DESHAYES.	Un CHARRETIER.	LEFEBVRE.
BERNARD.	FEBVRE.	Un CAPITAINE DES GARDES.	DECHAZELLE.
LA VIENNE.	ALEXANDRE.	MARGUERITE.	Mmes LIA FÉLIX.
LE PRÉSIDENT.	LATOUCHE.	SYLVIE.	CLARENCE.
LOUIS XIII.	CLÈVES.	MARIE DE MÉDICIS.	TALINI.
HUGUES.	MANUEL.	AUBIN.	DESMONTS.
CADENET.	LACROIX.	ANNE D'AUTRICHE	J. ANDRÉ.
D'ÉPERNON	GASPARD.	MADAME DES NOYERS.	JEAULT.
LE MARÉCHAL D'ANCRE.	ALHAIZA.	MADAME DE VERNEUIL.	MUNIÉ.
DE LUYNES.	LÉON LEROY.	ESTEFANA.	SOUTON.

ACTE PREMIER
PREMIER TABLEAU

La cour de la maison du baigneur la Vienne à Paris. — A droite, au premier plan, chambre de rez-de-chaussée, avec porte au fond et porte à gauche. On arrive à cette porte par deux degrés. — A gauche au premier plan, entrée des jardins; — au deuxième, grand escalier extérieur qui conduit chez madame de Verneuil; — aux troisième et quatrième plans, bâtiments de la maison du baigneur. — Au fond, jardins. L'entrée de la cour est au fond, à gauche.

SCÈNE PREMIÈRE
LA VIENNE, LA MARQUISE DE VERNEUIL en litière. PROMENEURS, LAQUAIS, PORTEURS, ETC., ETC.

LA VIENNE, escortant une litière qui entre. Madame la marquise, soyez la bienvenue, votre pavillon est prêt comme toujours.

LA MARQUISE, descendant de la litière. Traite-nous bien, la Vienne, j'attends ce matin M. le maréchal d'Ancre et le comte Siete-Iglesias. (Elle monte l'escalier qui conduit chez elle.)

LA VIENNE, seul. Deux tristes convives. (A ses gens.) Ouvrez les huîtres vertes et les coquillages de Marseille. (A lui-même.) La marquise est avare, mais elle est gourmande. Elle entasse l'argent dans son pavillon; mais il en tombe quelques bribes dans mon comptoir. (A ses gens.) Le vin? M. d'Ancre se porte mal et ne boit que de la tisane. M. de Siete-Iglesias se porte trop bien et ne boit que de l'eau. A-t-on pensé au bain d'aromates de la landgrave? Le palatin a-t-il ses douches? A propos, songeons à ce provincial arrivé hier, qui loge là. (Il désigne la droite.) Pauvre clientèle! mais n'oublions pas les petits. De l'impartialité, messieurs! (Il s'éloigne.)

SCÈNE II
LA VIENNE, au fond; DU BOURDET, AUBIN. Ils paraissent dans leur chambre au rez-de-chaussée à droite.

DU BOURDET. Voyez, Aubin, si vous n'êtes pas insupportable. Votre habit neuf!

AUBIN. Mais, mon papa...

DU BOURDET. Taisez-vous! ne perdons pas de temps pour voir un peu Paris. Profitez de la bonté que j'ai eue de vous y amener pour attendre l'arrivée de votre frère Bernard. Qui sait s'il n'arrivera pas de ses voyages aujourd'hui même. J'ai peut-être eu tort de venir loger ici chez ce fameux baigneur... c'est de l'orgueil et j'ai peur qu'on n'y paie très-cher... (Apercevant la Vienne.) Chut ! le voici (Haut.) Remarquez-vous l'admirable maison, Aubin, quelle tenue !

LA VIENNE, flatté. Vous trouvez, monsieur. Oui, cette maison est remarquable. Elle serait même unique si... (Il soupire.)

DU BOURDET. Quoi donc?

LA VIENNE. Si elle avait ce qui lui manque.

DU BOURDET. Et que lui manque-t-il?

LA VIENNE. Monsieur, quand j'ai ici des grands, des princes, des rois, j'en ai eu ! qui viennent prendre leur plaisir ou faire leurs remèdes, je suffis, je suffis parfaitement. Mais quand j'ai des princesses, des reines, des dames enfin, je ne peux pas... (Il soupire.) Il manque une femme ici.

DU BOURDET. Vous n'êtes pas marié

LA VIENNE. Impossible.

DU BOURDET. Pourquoi?

LA VIENNE. Trouvez donc la femme qui assortisse un homme tel que moi, trouvez donc ce diamant!... Car je ne puis me marier que si je trouve un diamant. Il se brise tant de verre dans cette maison !

DU BOURDET, montrant Aubin. Hum ! hum ! *puero reverentia*.

LA VIENNE. C'est vrai!... Vous sortez à jeun?

DU BOURDET. Nous mangerons en rentrant, n'importe quoi !

LA VIENNE. Prenez garde de vous égarer, Paris est grand !...

DU BOURDET. Oh ! je le connais! quand je faisais mon droit...

LA VIENNE. Vous avez fait...

DU BOURDET. On fut avocat au parlement, monsieur, et pas absolument indigne. On eut l'honneur de plaider par-devant le grand président, le héros de la magistrature, l'illustre Achille de Harlay mon protecteur, celui qui dit aux Guises, le jour des barricades : « C'est grand pitié quand le valet chasse le maître ! » et qui le dirait encore aujourd'hui..... hum !... hum ! si M. de Guise n'était pas mort ! (Aubin l'arrête en le tirant par son manteau.)

LA VIENNE, dédaigneux. Avocat... c'est quelque chose, mais le parlement a beaucoup baissé. (A Aubin.) Tenez, mon petit homme, ne soyez pas avocat. Triste métier, vous ne feriez pas fortune.

DU BOURDET. Mon fils Aubin et son frère, mon beau-fils Bernard de Preuil, ont leur fortune toute faite, et si Aubin étudie, c'est que la science est le plus honnête ornement de l'âme; *honestissimum animæ decus*, Ça, Aubin, avez-vous votre écritoire ? bien ! et votre cahier? (A la Vienne.) Je l'exerce à prendre des notes sur ce qu'il peut voir de grand et de curieux dans son voyage; voilà ses notes.

LA VIENNE, regardant le cahier. Des bons hommes et des bonnes femmes.

DU BOURDET, à Aubin. Malheureux ! (Il ferme précipitamment le cahier.)

LA VIENNE. Allez donc voir le palais que notre reine régente fait élever en face de l'hôtel d'Ancre, l'édifice sort à peine de terre. Mais vous vous dirigerez sur les trois potences que M. le maréchal d'Ancre y a fait élever.

AUBIN. Des potences!

DU BOURDET. Chut! (Haut.) De belles potences sans doute?

LA VIENNE. Superbes.

AUBIN. Pourquoi des potences en face d'un palais?

DU BOURDET. Taisez-vous donc! (Un valet vient parler bas à la Vienne.)

LA VIENNE. Permettez! (Il s'écarte un moment pour aller recevoir ceux qu'on lui annonce.)

DU BOURDET, à Aubin. Vous ne pouvez donc pas tenir votre langue, petit malheureux. On vous parle de potences. Eh bien, après? de quoi vous mêlez-vous ?

AUBIN. Mais je n'ai pas dit un mot du gouvernement, ni de la reine mère, ni de...

DU BOURDET. Ne sommes-nous pas convenus qu'à Paris, non-seulement vous ne parleriez jamais de qui que ce soit, mais même de quoi que ce soit?

AUBIN. Mais alors...

DU BOURDET. Taisez-vous... vous êtes haïssable et votre frère Bernard va vous trouver odieux.

AUBIN. Oh ! ne lui dites pas mes défauts.

DU BOURDET. Partons.

LA VIENNE. Tenez, mon petit ami, vous qui voulez prendre des notes sur les choses grandes et illustres, sans sortir de chez moi, regardez.

DU BOURDET, regardant à gauche. Cette dame à son balcon, là?...

LA VIENNE. Madame la marquise de Verneuil, jadis la belle Henriette d'Entragues, l'idole du feu roi Henri IV.

DU BOURDET, à Aubin. Une de ses parentes éloignées. — Ah ! une grande dame ! encore belle ! (A part.) Monstre !

LA VIENNE, se tournant vers le fond. Et par ici, voyez!

DU BOURDET. Cette figure jaune?

LA VIENNE. Monseigneur le marquis d'Ancre, gouverneur de Picardie, maréchal de France. (On voit entrer le maréchal, précédé de ses pages, puis Siete-Iglesias, tous deux avec une suite d'officiers et de gentilshommes. Ils causent.)

AUBIN. Maréchal?...

DU BOURDET. Chut! (Haut.) Grand personnage, grande mine.

LA VIENNE. Ah ! ah ! (Il s'avance vers le maréchal pour le saluer respectueusement et familièrement à la fois.)

DU BOURDET, à lui-même. Concini!... (Bas à Aubin.) Cet homme a manqué de pain, de gîte et de manteau. Il n'eut pas su mendier en français, ce manteau, ce gîte et ce pain. Sa figure faisait peur, son nom faisait rire. Maintenant, il a le droit de commander une armée française, et la veuve de Henri IV se fait bâtir un palais tout exprès pour devenir sa voisine. Regarde bien, Aubin, ce seigneur qui passe, c'est le plus lamentable spectacle que puisse offrir ce siècle dont tu n'as pas vu le commencement, et dont je ne verrai pas la fin ! Allons au Luxembourg !... viens ! viens !... (Il salue humblement et sort avec Aubin. Cependant le maréchal tout en lisant sa correspondance que lui transmet son secrétaire, se dirige vers l'escalier qui conduit chez la marquise. La Vienne lui montre le chemin.)

SCÈNE III

LE MARÉCHAL, SIETE-IGLESIAS, LA VIENNE, GENTILS-HOMMES, LAQUAIS, PAGES.

LA VIENNE, à Siete-Iglesias. Monsieur le comte n'entre pas?

SIETE-IGLESIAS. Un mot. (La Vienne redescend, le comte l'attire à part.)

LA VIENNE, à lui-même, inquiet. Eh ! qu'a-t-il donc?

SIETE-IGLESIAS. La Vienne, tu as les meilleurs cuisiniers de l'Europe, une cave sans rivale. Tes étuves sont de marbre, d'agathe et de porphyre. On cueille, chez toi, en janvier, des jasmins, des raisins et des roses. Combien as-tu dépensé pour créer ce paradis?

LA VIENNE. Cent mille écus, monsieur le comte, tout ce que je possède.

SIETE-IGLESIAS. Alors, la Vienne, tu es ruiné.

LA VIENNE. Hein !

SIETE-IGLESIAS. Avant peu, ce palais sera rasé, ces jardins déserts et le baigneur banni, s'il n'est pas pendu.

LA VIENNE. Moi, qu'ai-je donc fait?

SIETE-IGLESIAS. Ta maison n'est pas discrète, la Vienne, elle trahit ses hôtes; ta maison ou son maître.

LA VIENNE. Je trahis, moi?

SIETE-IGLESIAS. On a parlé de nos réunions chez madame de Verneuil, dans le pavillon secret dont tu as seul la surveillance et la clef. On a su jusqu'à certaine visite que j'y fis en compagnie... on l'a su, te dis-je. La Vienne, tu m'as éprouvé généreux protecteur et solide ami, mais je suis un ennemi mauvais, prends garde d'en faire l'épreuve! — Je suis à vous, monsieur le maréchal. (Il va rejoindre le maréchal, à qui l'on vient d'apporter une dépêche pressée. Au maréchal qui la lui montre.) Qu'est-ce que cela?

LE MARÉCHAL. Le prince de Condé vient de faire accord avec le parlement. Le duc de Vendôme marche sur Paris pour forcer la régente à résigner l'autorité; qu'allons-nous devenir?...

SIETE-IGLESIAS. Votre plan?

LE MARÉCHAL. Il faut marcher à la rencontre des princes avec une bonne armée.

SIETE-IGLESIAS. Et si vous êtes battu, si vous êtes trahi? Ce n'est pas cela, monsieur le maréchal! quand le renard court au terrier, on le laisse faire et on l'y prend. Les princes viennent aux Tuileries, remerciez Dieu et laissez-les venir. (Ils entrent tous deux chez la marquise. Leurs pages et les gentilshommes se groupent au fond, puis se dispersent et sortent.)

LA VIENNE. Pendu!... l'insolent!... qui de nous deux sera pendu le premier? (On voit entrer à reculons une charrette chargée de caisses et de cages.)

SCÈNE IV

LES MÊMES, UN CHARRETIER.

LE CHARRETIER, à son cheval. Eh!... eh!... oh!... oh!... oh!... la!

LA VIENNE. Des charrettes ici?

LE CHARRETIER, à des promeneurs qui rentrent du jardin. C'est des oiseaux...

LA VIENNE, l'interrompant. Des oiseaux! et pourquoi faire.

LE CHARRETIER. Vous êtes monsieur du Bourdet?...

LA VIENNE. Non.

LE CHARRETIER. Alors, c'est pas pour vous: les oiseaux, c'est un cadeau que le beau-fils à M. du Bourdet lui rapporte du Havre, je veux dire des Indes.

LA VIENNE. Qu'est-ce qu'il me chante celui-là?...
LE CHARRETIER. Dame!... (A son cheval.) Oh! la! oh!

SCÈNE V
LES MÊMES, CADENET, essoufflé.

CADENET. La Vienne! mon gros la Vienne, ah!
LA VIENNE. Monsieur de Cadenet!
CADENET. Voilà une chance! ces oiseaux qui entrent chez toi, c'est à toi?
LA VIENNE. Pas du tout.
CADENET. A qui donc?
LA VIENNE. A M. du Bourdet.
CADENET. Qu'est-ce que cela M. du Bourdet?
LA VIENNE. Un de mes locataires.
CADENET. Où est-il?
LA VIENNE. Il est sorti.
CADENET. Sorti? je cours! de quel côté, que je le rattrape?
LA VIENNE. A même Paris? par exemple! Que lui voulez-vous?
CADENET. C'est mon frère, M. de Luynes, qui m'envoie. Il se promenait avec quelqu'un qui a vu passer ces oiseaux et qui en est tombé amoureux...
LA VIENNE. Amoureux des oiseaux?
CADENET. Oui. (Il cause bas avec le charretier en désignant les cages.)
LA VIENNE. Qui donc, une femme?
CADENET. Si tu veux...
LA VIENNE. Toujours des femmes! tout le monde en a.
CADENET, revenant. Il me faut ce du Bourdet.
LA VIENNE. Alors, attendez qu'il soit rentré.
CADENET. Quand! mon Dieu?
LA VIENNE. Ah! dame! peut-être ce soir.
CADENET. Je n'attends pas... (Il part.)
LA VIENNE. Bon. (On appelle la Vienne.) J'y vais!
CADENET. Si, j'attends... (Il revient.)
LA VIENNE. Bien...
CADENET. Décidément, je ne peux pas attendre. (Il sort en courant.)
LA VIENNE. Comme vous voudrez! (Il court vers le pavillon.)
LE CHARRETIER, l'arrêtant. Et moi qu'est-ce que je vas faire des bêtes? où faut-il que j'aille?
LA VIENNE. A tous les diables! (Il entre chez la marquise. Bruits, cris, tumulte dans la rue.)

SCÈNE VI
LA VIENNE, HUGUES, puis DU BOURDET, HOMMES, FEMMES, ENFANTS, ARCHERS.

CRIS, dans la rue. Arrêtez! arrêtez-le!... (Le tumulte grossit.)
HUGUES, accourant. A moi, la Vienne.
LA VIENNE, revenant. Quoi?
CRIS. Arrêtez! arrêtez!
HUGUES. Le maréchal est ici, je le sais!
LA VIENNE, lui barrant le passage. Que lui voulez-vous? (La foule accourt sur les pas de du Bourdet.)
DU BOURDET, dehors. Arrêtez-le!
HUGUES. Prévenez M. le maréchal.
DU BOURDET, entrant, aux archers. Le voici, le misérable qui a versé le sang d'un homme et levé la main sur mon fils.
HUGUES, menaçant. Eh bien!

SCÈNE VII
LES MÊMES, LE BAILLI, ARCHERS, PEUPLE, au fond.

LE BAILLI, à ses archers. Par ici, vous autres!
DU BOURDET. Menacer du fouet mon fils!... cher Aubin. (A Hugues.) Scélérat! (Murmures.)
LE BAILLI, à Hugues. Rendez-vous!...
HUGUES. Je suis capitaine prévôt de l'hôtel d'Ancre! je ne sortirai pas! (Il met l'épée à la main; cris, vociférations.)
LE BAILLI. Emportez-le!
HUGUES, appelant les gens du maréchal. A moi! à moi! (Les archers l'ont saisi; le maréchal paraît avec Siete-Iglesias sur les degrés de l'escalier.)

SCÈNE VIII
LES MÊMES, LE MARÉCHAL, SIETE-IGLESIAS, LA VIENNE.

SIETE-IGLESIAS. Qui sont ces gens-là?
LE BAILLI. Ces gens-là, monsieur, sont les archers du bailliage, mes soldats, et moi, je suis le lieutenant criminel, bailli de la cité!
SIETE-IGLESIAS. Que nous importe! (Murmures de la foule.)
LE BAILLI. Il m'importe, à moi, de faire mon devoir. Cet homme a battu un enfant et blessé un homme!
HUGUES. L'enfant a pendu son écritoire au gibet et crié: l'Ancre à la potence! (Rires, bruits, applaudissements dans la foule.)
DU BOURDET. C'est faux! j'ai des témoins! un honnête écuyer, mon ami, qui se trouvait là et une charitable dame qui a pris dans ses bras mon enfant évanoui.

LE BAILLI. Amenez-les!
DU BOURDET. Madame! venez! venez! (Il sort.)
LE BAILLI, montrant Hugues. Il a mérité la prison, il ira en prison!
LE MARÉCHAL. Malheureux! à un maréchal...
LE BAILLI. C'est au maréchal de respecter la consigne d'un soldat! (A ses gens.) Allons, vous autres, en avant marche! (Bruits, applaudissements, Hugues est emmené par les archers.)
SIETE-IGLESIAS, au maréchal. Eh bien, les gens de M. de Harlay, l'allié de MM. les princes, qu'en dites-vous?
LE MARÉCHAL. Ils payeront cher...
SIETE-IGLESIAS. Nous cherchions une occasion d'attaquer. Celle-ci est-elle assez belle? La Vienne, chasseras-tu cette canaille? (A un page.) Nos manteaux! nos épées! que nous sortions...
LA VIENNE, à Siete-Iglesias. Monsieur, ne vous y fiez pas, vous n'êtes pas populaire. Cette canaille ne serait peut-être pas fâchée de vous écharper ou de vous pendre. Je vais vous faire sortir par le jardin, venez! (Ils sortent au premier plan à gauche, hurlements de la foule contenue à grand peine par les gens du maréchal et les valets de la Vienne.)

SCÈNE IX
DU BOURDET, LAFOUGERAIE, MARGUERITE, masquée, à cheval, portant Aubin dans ses bras.

DU BOURDET. Ah! mon ami, mon bon Lafougeraie (il l'embrasse), quelle aventure, madame! que serais-je devenu si je ne vous eusse rencontrée dans cette bagarre!
MARGUERITE. Soyez sans inquiétude sur votre cher enfant; il n'est pas évanoui, il dort. Je sentais son petit cœur battre doucement près du mien, ce ne sera rien. (Elle lui rend Aubin.) Tenez.
DU BOURDET, prenant l'enfant. Oh! madame, madame!
MARGUERITE. Prenez garde! là! doucement. (Un des gens de la Vienne se charge de l'enfant qu'il porte et qu'on installe dans le pavillon où deux femmes prennent soin de lui.)
DU BOURDET, à Marguerite. Votre nom, au moins, madame, pour que je puisse aller vous remercier.
MARGUERITE, faisant signe à Lafougeraie de se taire. Je suis une amie de votre cher Lafougeraie.
DU BOURDET, à Lafougeraie. Une amie?... (Il rentre près d'Aubin; pendant ce temps Marguerite a détourné son cheval.)
MARGUERITE, à Lafougeraie. Partons vite, si je veux arriver à temps pour prévenir la jeune reine!... (Elle sort.)
DU BOURDET, appelant. Lafougeraie!... eh bien, plus personne? (La foule a suivi Marguerite et sort avec elle.)

SCÈNE X
LES MÊMES, dans le pavillon, LA VIENNE.

LA VIENNE. Où est-il cet avocat au parlement?
DU BOURDET, à un valet. A-t-il pris son bouillon? (Souriant à Aubin.) Bonjour, petit.
LA VIENNE. Voilà comme vous me bouleversez ma maison... votre petit garçon, vos oiseaux.
DU BOURDET. Mes oiseaux?
LA VIENNE. Toute une charretée de cages que vous envoie votre beau-fils (Il sort en haussant les épaules.)
DU BOURDET. Bernard? (Pendant ce temps Bernard est arrivé, a questionné le charretier, s'est élancé vers le pavillon, culbute la Vienne à sa sortie, prend du Bourdet dans ses bras, l'enlève, l'embrasse en pleurant.)

SCÈNE XI
LES MÊMES, BERNARD.

DU BOURDET, saisi. Ah!
BERNARD, apercevant Aubin. Et toi!... (Il court l'embrasser.)
AUBIN. Mon frère!
BERNARD. Encore! (Il embrasse encore du Bourdet, regarde Aubin.) Est-il grandi! embelli! un peu pâle pourtant.
DU BOURDET. Comment ne le serait-il pas!
BERNARD. Qu'y a-t-il donc?
DU BOURDET. Il y a que tout à l'heure, lui et moi, nous avons failli périr.
BERNARD. Bah!
DU BOURDET. Chut! peut-être on nous écoute!
BERNARD. Ah çà, que se passe-t-il donc?
DU BOURDET. Paris est un coupe-gorge!... eh! (Pendant ce temps, la Vienne est entré au fond avec le charretier et a pris des mains de ce dernier une petite caisse qu'il se disposait à apporter à Bernard.)

SCÈNE XII
LES MÊMES, LA VIENNE.

LA VIENNE, entrant chez du Bourdet. Il paraît que voici le plus précieux, j'ai tenu à l'apporter moi-même! (Il offre gracieusement la caisse.)

DU BOURDET. Ah!

LA VIENNE, de même. Oui, ce voiturier dit que cela aime la chaleur, mettons le près du feu.

DU BOURDET. Qu'est-ce donc?

BERNARD. Des amours de petites vipères rouges.

LA VIENNE, épouvanté. Eh! ah! (Il va pour jeter la caisse ; Bernard la lui prend des mains et la passe au Normand, qui rit à la porte, la Vienne se sauve ; du Bourdet s'enferme fiévreusement chez lui.)

DU BOURDET. Des vipères! comme s'il n'y en avait pas assez ici!

BERNARD. Vous m'épouvantez! quoi! vos lettres me pressent de revenir; j'arrive pour me marier, ne rêvant que joie, paix, concorde.

DU BOURDET. La France est perdue!

BERNARD. C'est donc la fin du monde?

DU BOURDET, assis. Désolation!... guettez à la porte, Aubin. (L'enfant obéit.)

BERNARD, s'asseyant. Contez-moi cela... désolons-nous ensemble.

DU BOURDET, se levant. Tenez, puisque je vous ai tous deux vivants, partons pour les Bordes, jetons vite entre nous et cet affreux Paris une douzaine de lieues. Au moins, sur le grand chemin on respire.

BERNARD. Pas déjà tant. Si vous saviez mon aventure!

AUBIN, rentrant. Une aventure? (Il s'agenouille entre eux deux.)

DU BOURDET. A vous aussi?

BERNARD. J'ai fait six mille lieues sans un caillou, sans une averse, sans une épine, et voilà que ce matin, à quatre lieues d'ici, en traversant ce bouquet de chênes ridicules que vous appelez une forêt...

DU BOURDET. La forêt de Saint-Germain?

BERNARD. Oui.

DU BOURDET. Eh bien?

BERNARD. Je sommeillais à demi sur ma monture, le chariot d'oiseaux à cent toises en avant, quand mon cheval s'arrête. Je m'éveille : un homme masqué le tenait à la bride; un second homme, masqué aussi, appuyait sur ma chair une pointe aiguë.

DU BOURDET. Des voleurs?...

BERNARD. « Nous ne sommes pas des voleurs, dit celui qui m'enfonçait sa dague dans les côtes, nous agissons pour le bien de l'humanité. »

DU BOURDET. Ah, oui! Ne frissonne donc pas comme cela, Aubin.

BERNARD. « Eh! messieurs, répondis-je, la vie vaut bien qu'on fasse quelque sacrifice, que voulez-vous de moi? » Aussitôt ils me remirent une enveloppe scellée en me faisant jurer de ne l'ouvrir qu'à Paris et d'en remettre le contenu à son adresse, une heure après mon arrivée.

DU BOURDET. Vous avez promis?

BERNARD. La dague piquait, j'ai juré!

DU BOURDET. Vous n'en ferez rien.

BERNARD. Le bienfaiteur de l'humanité m'a déclaré que si le paquet n'était pas remis à son adresse dans le temps prescrit, j'étais un homme mort.

AUBIN. Mon frère!

DU BOURDET. Voilà une mystification! oh! que nous allons rire! (Il rit, on frappe à la porte du pavillon.)

SCÈNE XIII

LES MÊMES, LA VIENNE, puis CADENET, entré depuis un moment.

LA VIENNE, à Cadenet. Je vais dire que vous venez au nom du roi!

TOUS. Au nom du roi!

DU BOURDET. Ouvre, Aubin! ouvre! (Bernard s'élance au dehors.)

CADENET. Pas au nom du roi, mon gros la Vienne! de la part du roi! (A Bernard.) M. du Bourdet, s'il vous plaît.

BERNARD. Eh! mais, c'est Cadenet!

CADENET, le reconnaissant à son tour. Bernard de Preuil!

BERNARD. Cher père, voici un de mes meilleurs compagnons d'enfance, frère de M. de Luynes; mon père, le baron de Preuil, était leur voisin de terres... Avons-nous joué, mon bon Cadenet!

CADENET. Nous sommes-nous battus!

BERNARD. Bon Cadenet!

DU BOURDET, inquiet, à Cadenet. Monsieur venait de la part du roi.

BERNARD. Il connaît le roi!

LA VIENNE. Ils sont ensemble toute la journée.

DU BOURDET, à Cadenet. Excusez Bernard... il arrive de chez les sauvages, c'est un Topinamboux.

CADENET. Mon frère Luynes est fauconnier du roi; moi, majordome.

BERNARD. C'est joli.

LA VIENNE, goguenard. Oui ; mais comme le roi n'a ni fauconnerie, ni maison, ni argent, ils n'en sont pas plus avancés pour cela, ni les uns, ni les autres. (Il sort en riant.)

CADENET, mécontent. La Vienne!

BERNARD. Qu'est-ce donc?

DU BOURDET. Le fait est que le gentilhomme le moins avancé du royaume, s'appelle Louis treizième du nom. (Cadenet soupire.)

BERNARD. Vous osez!

DU BOURDET. Chut! ne compromettons pas M. de Cadenet, il n'est pas libre et nous le sommes, nous; nous sommes indépendants, nous; nous osons tout, nous autres francs Gaulois!

BERNARD. Mais le roi est majeur, marié! il est le maître...

DU BOURDET, à Bernard. Topinamboux, va!...

CADENET, souriant, à Bernard. Topinamboux!

BERNARD. Qui donc règne?

CADENET, à son oreille. Monsieur Mangot.

DU BOURDET, à l'autre oreille. Monsieur Barbin.

CADENET, même jeu. Monsieur le maréchal...

DU BOURDET, même jeu. D'Ancre.

BERNARD. D'Ancre?...

DU BOURDET. Et la reine-mère.

CADENET, sérieux. Il est vrai que...

DU BOURDET, de même. Elle s'en acquitte si bien! (Rire fou.) Ah! ah!

CADENET, éclatant. Ah! ah! ah!

DU BOURDET, éclatant. Ah! ah! ah! nous arrangeons bien le gouvernement! (Rire immodéré, Aubin rit comme les autres. Du Bourdet l'arrête tout à coup.)

BERNARD, ébahi. Mais la jeune reine, le ménage?...

CADENET. Oh! parfait! Le roi rêve, la reine aussi. Le roi ne parle jamais, la reine se tait toujours.

BERNARD. Eh bien, on doit joliment se divertir au Louvre!

CADENET. Voilà pourquoi l'on m'envoyait ici pour ces oiseaux merveilleux que le roi a vus et dont il raffole. Il les attend avec une impatience!...

BERNARD. Hélas! ils ne sont pas à moi!

CADENET. A qui donc?

BERNARD. Je les destine à ma fiancée.

CADENET. Ta...

DU BOURDET. Une charmante fille qui, dans huit jours, sera la femme de Bernard, s'il plaît à Bernard et à Dieu.

CADENET. Mon pauvre frère... il sera disgracié.

DU BOURDET. Vraiment?

BERNARD, à Cadenet. Ceci est autre chose! voilà une raison... Écoute, j'ai cent oiseaux, tous inconnus en France; prends-en cinquante, laisse-moi le reste, ma fiancée se contentera bien de cinquante oiseaux?...

DU BOURDET. J'espère que oui; sans compter que Bernard ne sera pas un mari qui rêve toujours... (Voyant Aubin qui rit aussi.) Hum! hum!

CADENET. Vrai? merci! Oh! le brave ami! quelle réception l'on va me faire! A propos! le prix? Ah! fais-nous payer comme pour le roi.

DU BOURDET, à Bernard. Il veut dire pas cher.

BERNARD. Très-bien! très-bien!

CADENET, leur serrant les mains. Mon ami! monsieur... messieurs, merci!... messieurs, ah! merci!... (Il sort en courant.)

SCÈNE XIV

LES MÊMES, moins CADENET.

DU BOURDET. Charmant garçon!

BERNARD, qui a reconduit Cadenet. Eh! malheureux que je suis! j'ai oublié...

DU BOURDET. Quoi?

BERNARD. Il y a plus d'une heure que je suis à Paris!

AUBIN. C'est vrai!

DU BOURDET. Ah! la mystification, vous y pensez encore?

BERNARD. Sachons au moins à qui j'avais juré de remettre ce paquet. (Il tire de son pourpoint l'enveloppe scellée de trois cachets.)

DU BOURDET. Ouvrez! allez! ouvrez!

BERNARD, prêt à briser le premier sceau. Faut-il!

DU BOURDET. Parbleu!

BERNARD. Une fois! (Il rompt un cachet.)

DU BOURDET. Deux fois! (Il en rompt un second.)

BERNARD. Allons! (Il rompt le troisième, trois lettres s'échappent de l'enveloppe et tombent ; chacun en ramasse une.)

DU BOURDET. Trois lettres!

AUBIN, lisant l'adresse de celle qu'il a ramassée. « A M. de Condé ou à M. de Vendôme, en ce moment révoltés contre la régence. »

DU BOURDET. Hein?

BERNARD, lisant sur la sienne. A Sa Majesté la reine régente. »

DU BOURDET. Diantre! (Lisant sur la sienne.) « Au roi » (Stupeur.)

BERNARD. On dirait que la mystification vous paraît moins divertissante ?

DU BOURDET. De la politique! c'est sérieux.

BERNARD. Voilà un mauvais pas; comment en sortir ?

DU BOURDET. Je ne connais qu'une personne capable de nous en tirer...

BERNARD. Précieuse connaissance!

DU BOURDET, rentrant dans son pavillon, à Aubin. Mon chapeau, ma canne!... Rentrez dans votre chambre, Aubin, et n'en bougez pas avant mon retour... (A Bernard.) Ramassez précieusement vos lettres, Bernard, et venez avec moi... Oh! laissez votre épée, laissez; il n'entre jamais d'épées dans la maison où je vous conduis!

BERNARD. Chez qui donc, monsieur?

DU BOURDET. Chez le grand président, Achille de Harlay. (Ils sortent.)

<h2 style="text-align:center">DEUXIÈME TABLEAU</h2>

Le cabinet du président de Harlay, dans la grand'salle du palais de Justice, le cabinet dans les deux premiers plans. — Au fond, vaste baie ogivale donnant accès dans la grand'salle. — Porte à gauche, fenêtre au fond.

<h2 style="text-align:center">SCÈNE PREMIÈRE</h2>

LE BAILLI, ARCHERS, HUISSIERS, PEUPLE, SOLDATS.

La foule envahit la salle et déborde jusque dans le cabinet du président.

LE BAILLI. Ils ne respecteront même pas le cabinet du président!

LA FOULE, dans la grand'salle. Mort à Concini! à bas Florence, à bas les étrangers! Vive le roi! (Les soldats, lancés par leurs chefs, refoulent le peuple et l'expulsent en occupant eux-mêmes le cabinet; il y a lutte.)

CRIS. A bas les hallebardes!

LE BAILLI, aux soldats. Hors d'ici!... (Rires ironiques des soldats. à un huissier.) Le président est là?... Gardez sa porte et faites-vous tuer sur le seuil. (Il entre chez le président.)

CRIS, dans la grand'salle. A bas les éperons! Pas de soldats ici... hors d'ici!... (Lutte, confusion, les archers du bailli, repoussés par les soldats, se réfugient près des huissiers.)

<h2 style="text-align:center">SCÈNE II</h2>

LES MÊMES, D'ÉPERNON, OFFICIERS, GENTILSHOMMES, puis LE MARÉCHAL et SIETE-IGLESIAS.

D'ÉPERNON, à un officier. Avertissez M. le maréchal d'Ancre. Il est temps!

CRIS DES SOLDATS, à d'Épernon. Colonel! qu'on nous rende notre camarade! A bas les robes rouges!

CRIS DU PEUPLE. A bas les épées! à bas les hallebardes!

D'ÉPERNON, aux soldats. Votre camarade, vous l'aurez, soyez tranquilles.

LE MARÉCHAL, entrant. Le président ? je ne le vois pas!... (La porte de gauche s'ouvre et on voit paraître les conseillers précédés des huissiers. Tous se rangent, M. de Harlay paraît à son tour.)

LA FOULE. Harlay! Harlay! Vive Harlay!

SIETE-IGLESIAS, au maréchal. De la vigueur!

LE MARÉCHAL, après avoir salué. Monsieur le président, une insulte m'a été faite. Des séditieux se sont permis d'arrêter un de mes officiers et de l'emprisonner au Palais.

LE PRÉSIDENT, au bailli. Parlez!

LE BAILLI. Monseigneur, ce ne sont pas des séditieux... c'est moi!

LE PRÉSIDENT, au maréchal. Vous entendez, monsieur!

LE MARÉCHAL. Oui, mais je ne comprends pas!

LE PRÉSIDENT. Pourquoi ?

LE MARÉCHAL. Parce qu'un officier de robe n'a pas le droit d'arrêter un homme d'épée justiciable seulement d'un conseil de guerre. (Rumeurs dans la foule et approbation des soldats.)

LE PRÉSIDENT. Vous ignorez, monsieur, la coutume et le privilège de la ville, où toute justice se rend au nom et par le ministère du bailli. (Rumeurs diverses.) Oui, vous ignorez toutes nos coutumes, car il est sans exemple qu'on soit jamais venu dans ce palais avec une épée, des éperons et une telle foule de gens armés!... (Explosion de cris et applaudissements dans le peuple.)

LES HUISSIERS. Silence, messieurs!

SIETE-IGLESIAS, au maréchal. Il n'est plus permis de faiblir.

D'ÉPERNON, de même. Chargeons, monsieur!

LE MARÉCHAL, tremblant de colère. Ah! voilà comment on reçoit ma plainte. On nous provoque! on nous reproche nos éperons et nos épées... Eh bien, l'épée fera ce que ma voix n'a pas pu faire. Allez, vous autres!... allez délivrer votre camarade. (Bruits, menaces, imprécations. Les soldats courent; on entend briser une porte; Hugues reparaît porté en triomphe par les soldats; morne stupeur du Parlement, fureur sourde de la foule.)

LE MARÉCHAL, ricanant, au président. Vous le voyez, à chacun ses privilèges.

SIETE-IGLESIAS, au parlement. Passez donc, messieurs!

LE PRÉSIDENT. Nous voilà revenus au temps où Bussy-Leclerc me conduisait à la Bastille!... (Le parlement défile lentement, insulté, hué par les soldats et les gentilshommes d'Ancre; le président marche le dernier, la tête baissée.)

SIETE-IGLESIAS, au président. Nous ne sommes plus au temps où le parlement était roi.

D'ÉPERNON. Plus roi que le roi.

LE MARÉCHAL. Ce roi là est mort, monsieur!

LE PRÉSIDENT, relevant la tête. Ah! vraiment! vous me parlez du feu roi, vous, monsieur le duc d'Épernon! vous, monsieur le marquis d'Ancre! vous, monsieur de Siete-Iglesias! Ah! vous me rappelez qu'il a été assassiné. Voilà pourtant sept longues années que je m'efforçais d'oublier, non la victime, mais les assassins! Prenez garde, à partir d'aujourd'hui, je vous jure que je me souviendrai!... (Mouvement, pâleur des trois hommes qui seuls ont entendu ces paroles. Ils reculent, le président les congédie d'un geste hautain. Ils sortent. Les huissiers, le bailli ont refermé tentures et portes. Le bailli s'approche du président qui l'éloigne. Il sort.)

<h2 style="text-align:center">SCÈNE III</h2>
LE PRÉSIDENT, PONTIS.

Pontis se dégage d'un angle où il s'était glissé derrière la tapisserie. Il s'avance brusquement.

PONTIS. Vous me cherchez, n'est-ce pas, monseigneur ?

LE PRÉSIDENT. Monsieur de Pontis!

PONTIS. Je crois que le jour est enfin venu !

LE PRÉSIDENT. Vous étiez là?...

PONTIS. La main sur cette épée qui tarde bien à sortir du fourreau !

LE PRÉSIDENT. Vous avez quitté Grenoble, sans que je vous rappelle?

PONTIS. Je traversais Paris pour me rendre à la campagne, chez mon beau-frère, qui marie l'aîné de mes neveux. Je traversais Paris! J'ai vu un peuple au visage pâle, aux yeux de flammes, un océan irrité dont le grondement répétait ce que murmure incessamment mon cœur: Vengeance! Vous avez besoin de moi ?

LE PRÉSIDENT. Pas encore!

PONTIS. Si, monseigneur, il est temps! Vous voyez cet État perdu, ce peuple écrasé qui va s'abrutissant dans la misère et dans la honte... Ce roi effacé, avili, lui, pauvre enfant que vous aviez recommandé son père! La bande d'étrangers, de brigands qui convoitaient l'héritage de Henri IV et n'ont pas osé le ramasser dans son sang, ce Concini, ce Siete-Iglesias, ce d'Épernon, cette Verneuil, ma vieille ennemie, ne les voyez-vous pas, enhardis peu à peu, se baisser jusqu'à la couronne qu'ils touchent déjà de leurs mains rougies, et la reine-mère croyant qu'ils se courbent devant elle, leur sourit et les aide à dépouiller son fils!... Ah! monseigneur, en 1610, au lendemain du meurtre de mon maître, je suis venu, moi, témoin, moi vengeur invisible, vous apporter la révélation et la preuve du crime!... D'un signe, d'un geste, je faisais tomber les plus criminelles, les plus hautes têtes de ce royaume!... vous m'avez commandé le secret et la patience... Je reviens, mais je n'ai plus de patience, monseigneur, je n'ai plus que ma voix, je n'ai plus que ma vie, prenez, et sauvons ce malheureux pays!... Il est temps, monseigneur, il est temps.

LE PRÉSIDENT. Le témoignage que vous m'apportez, Pontis, est si terrible, il touche si haut, que je recule devant l'usage qu'un fils de Henri IV serait forcé d'en faire!... Ce témoignage, c'est mon coup suprême, je le réserve pour le jour où tout sera désespéré.

PONTIS. Vous espérez encore?

LE PRÉSIDENT. Oui, la régente cédera aux justes remontrances de M. de Vendôme, de M. de Condé, aux nôtres; elle rendra l'autorité à son fils majeur, et nous aurons rétabli le droit, le calme et la prospérité publique sans scandale ni guerre civile!

PONTIS. Et vous croyez que les misérables lâcheront leur proie; vous leur laissez l'impunité!...

LE PRÉSIDENT. Rassurez-vous; j'ai ce qu'il faut pour faire justice des assassins dorés, des coquins subalternes qui tout à l'heure insultaient ma toge, croyant que je n'ai rien gardé sous ses plis... Oh! ceux-là, je ne salirai pas l'échafaud de leur sang, je tiendrai la vérité d'une main, le fouet de l'autre en offrant à choisir. Ils choisiront le fouet. Qu'ils partent, qu'ils disparaissent tremblants et nus, nous purifierons le sol, nous purifierons l'air!... Voilà ce que je vais faire pour ma patrie, et après ce dernier service, serviteur fatigué, j'aurai le droit de m'endormir.

PONTIS. Il est trop tard, vous dis-je; est-ce que je vivrais, moi, si un seul de ces meurtriers eût pu soupçonner ce que je leur réserve?... En m'exilant bien loin dans mes montagnes, en me faisant petit dans leur ombre, j'ai pu échapper, je vis, mais vous, monseigneur, votre indignation vient de vous trahir... Ils vous ont compris... Ils vous tueront...

LE PRÉSIDENT. C'est possible; en ce cas vous serez là, dernier et invincible instrument de la Providence. Mais, qu'on ne vous surprenne pas avec moi!... Retournez!... Quittez Paris et ne donnez plus signe de vie avant qu'un message ne vienne vous dire que je vous appelle ou que je suis mort... Vous n'êtes pas à vous, monsieur de Pontis... Obéissez!

PONTIS. Veillez bien sur vous, monseigneur.

LE PRÉSIDENT. Au revoir.

PONTIS. Encore une fois condamné à vivre?...

LE PRÉSIDENT, lui serrant la main. Oui... sortez par les caveaux de la Sainte-Chapelle... Allez, allez! (Pontis sort.)

SCÈNE IV

LE PRÉSIDENT, seul. Cherchons mon autre témoin maintenant!... Ah! ce n'est plus un Pontis!... (Il écrit.)

SCÈNE V

LE PRÉSIDENT, LE BAILLI, L'HUISSIER.

LE PRÉSIDENT, écrivant. Je suis prêt à ouvrir mon audience. (A l'huissier.) Annoncez... (Au bailli.) J'ai à vous confier une affaire urgente, secrète... Montez à cheval, et portez la lettre que voici, dans les environs de Melun, aux Bordes, c'est une maison dont le maître s'appelle...

L'HUISSIER, annonçant. M. du Bourdet!

LE PRÉSIDENT. L'ancien avocat?

L'HUISSIER. Oui, monseigneur, avec son fils...

LE PRÉSIDENT. Voilà une grâce du ciel!... (Au bailli.) Votre voyage devient inutile, on m'annonce celui chez qui je vous envoyais... (Il se lève, le bailli sort. A l'huissier.) Faites entrer M. du Bourdet!...

SCÈNE VI

LE PRÉSIDENT, DU BOURDET, BERNARD.

DU BOURDET. Quoi, monseigneur, vous avez daigné vous rappeler mon nom?

LE PRÉSIDENT. Comme celui d'un homme habile et d'un homme honnête.

DU BOURDET, joyeux. Vous entendez, Bernard, répétez plus tard à vos enfants ce que le grand président a dit de votre père. Monseigneur, voici le fils de la femme que j'ai épousée grâce à vos bontés... Elle m'a laissé seul sur la terre, mais ses fils n'auront pas à me reprocher d'avoir été ingrat.

LE PRÉSIDENT. Vous venez... pourquoi?...

DU BOURDET. Oh! monseigneur, quelle affaire il nous arrive, au moment où l'on était si heureux!

LE PRÉSIDENT. Ah! eh bien, parlez.

DU BOURDET. Monseigneur, mon beau-fils que voici a été ce matin arrêté par des gens qui lui ont fait jurer sous menace de mort, de remettre à leur adresse trois lettres. (Il les donne au président.)

LE PRÉSIDENT. Le feu roi reçut souvent de pareils messages dont il me chargeait de découvrir les auteurs.

DU BOURDET. Ce serait donc sérieux.

LE PRÉSIDENT. Je le crois.

DU BOURDET. C'est qu'alors si le message est sérieux, la menace l'est aussi, et ils ont menacé Bernard de le poignarder si ces lettres n'étaient pas remises. Il est vrai, monseigneur, que nous voilà sous votre protection.

LE PRÉSIDENT. Vous n'y serez plus en sortant d'ici.

DU BOURDET. Oh! nous nous retirerons aux Bordes, bien cachés!

LE PRÉSIDENT. De la faiblesse! vous engageriez ce jeune homme à trembler comme une femme. Ce n'est pas du Bourdet qui a parlé.

BERNARD, timidement. Mon beau-père n'a parlé ainsi que par bonté pour moi. Monseigneur, je suis tout prêt.

DU BOURDET. Oui, oui, Bernard est un brave cœur, et c'est ce qui m'alarme; les braves gens vont toujours et le malheur est pour eux.

LE PRÉSIDENT. Qu'il aille donc, je veillerai à lui épargner le malheur.

BERNARD. C'est plus qu'il n'en faudrait pour sauver dix existences, et la mienne après tout ne compte que pour une... Je pars!... (Il va pour sortir.)

DU BOURDET, à Bernard, l'arrêtant. Un moment, un moment, vous partez! Comme c'est jeune, ce mot-là. Comptez-vous trouver tout ensemble la régente, les princes, et le roi? Eh! corbleu... pardon, monsieur le président, j'ai perdu à la campagne les bons usages du palais!

LE PRÉSIDENT. Je le vois, vous nommez le roi le dernier. C'est par lui cependant qu'il faut commencer et non par sa

mère... (A Bernard.) Voulez-vous un mot d'introduction pour Sa Majesté?

DU BOURDET. Acceptez! acceptez!

BERNARD. Inutile. Laissons monseigneur en dehors de tout cela. Cadenet me fera entrer chez le roi, je lui ai donné tout à l'heure des oiseaux rares.

LE PRÉSIDENT, gravement. Si vous avez donné des oiseaux, vous n'avez besoin de personne pour vous protéger au Louvre... Allez, jeune homme, allez!

BERNARD, confus. Merci mille fois, monseigneur. (Il sort.)

SCÈNE VII

LE PRÉSIDENT, DU BOURDET.

LE PRÉSIDENT, à du Bourdet qui part aussi. Où allez-vous?...

DU BOURDET. Mais avec Bernard.

LE PRÉSIDENT. Il ira bien seul, restons ensemble quelques instants, maître du Bourdet, causons comme de vieux amis... Huissier! je ne reçois plus personne. (A du Bourdet.) Asseyez-vous, plus près...

DU BOURDET. Quel honneur!

LE PRÉSIDENT, à lui-même. Comme il a vieilli! D'un pareil homme au but qu'il y a loin! (Haut.) Vous êtes arrivé ici bien inquiet, avouez-le!...

DU BOURDET. Eh! monseigneur, on serait inquiet à moins... Ce matin, on a voulu fouetter mon jeune fils dans mes bras, mon fils aîné a été arrêté sur le grand chemin! Comment serais-je rassuré, moi atome! Les malfaiteurs s'attaquent à M. de Harlay! Ah! monseigneur, si j'étais ce que vous êtes?...

LE PRÉSIDENT. Que feriez-vous?

DU BOURDET. Je sauverais la société.

LE PRÉSIDENT. Tout seul? oui, j'entends dire des paroles hardies; mais les actions, qui les fera?

DU BOURDET. Il y a des gens de courage.

LE PRÉSIDENT. Certes, j'en connais... j'en ai vu: je vous ai vu, vous qui parlez!...

DU BOURDET. Moi?

LE PRÉSIDENT. Oui, lorsqu'en 1610, vous fîtes cette déposition... (A lui-même.) Il a frissonné... (Haut.) Vous avez eu votre heure de courage, c'est beaucoup. Combien de gens pour qui cette heure n'a jamais sonné.

DU BOURDET. Il est vrai que je jouais gros jeu!

LE PRÉSIDENT. Je ne l'ai pas permis, j'ai voulu qu'il ne restât rien du crime ni des preuves, et mon silence ne vous a-t-il pas rendu bien heureux?

DU BOURDET. Oh! oui, bien heureux! J'ai honte de l'avouer, monseigneur, la vie m'a paru bien douce à côté de ces agitations.

LE PRÉSIDENT, se levant. Même à côté du devoir, n'est-ce pas? Vous voyez donc, monsieur du Bourdet, que les choses sont bien comme elles sont. Pour les changer, c'est-à-dire pour sauver notre société, ce sont vos expressions, il faudrait plus que du courage, plus que du dévouement, il faudrait l'audace, l'abnégation, le fanatisme du martyre... ces mots ne sont plus de notre âge! Voilà pourquoi il est naturel que les enfants de douze ans soient battus dans les bras de leur père, les routes infestées de voleurs ou de rebelles et la cour peuplée de pillards et de meurtriers!

DU BOURDET. De meurtriers!...

LE PRÉSIDENT. Mais qu'importe, si les uns ont leurs champs et leurs prairies, d'autres le vin et les amours, d'autres l'argent et les honneurs; si tout le monde a quelque chose, qu'importe qu'on n'ait pas de patrie!

DU BOURDET, à part. Où veut-il en venir?

LE PRÉSIDENT. Nous n'avons plus rien à nous dire, monsieur du Bourdet... Adieu! (Il se rassied tristement.)

DU BOURDET. Monseigneur, pardonnez-moi... vous faisiez allusion à des moments critiques; je ne suis pas brave, moi, j'ai craint que vous n'eussiez besoin de moi pour un de ces moments-là.

LE PRÉSIDENT. C'était vrai.

DU BOURDET, après un long silence. Eh bien mais, de quoi s'agit-il, de sacrifier une part de mon bonheur? Mon bonheur est votre ouvrage et j'ai de la mémoire.

LE PRÉSIDENT. S'il ne s'agissait que du bonheur... mais c'est plus que cela qu'il faudrait exposer.

DU BOURDET, timidement. Ma fortune?...

LE PRÉSIDENT. D'abord.

DU BOURDET. Ma liberté peut-être?...

LE PRÉSIDENT. Plus que la liberté!

DU BOURDET. Je comprends. (Il chancelle et s'assied un moment.)

LE PRÉSIDENT, à lui-même. Pauvre du Bourdet!

DU BOURDET, se levant. Monseigneur, cette déposition que je fis par-devant vous en 1610.

LE PRÉSIDENT. Je l'écrivis de ma main sous votre dictée.

DU BOURDET. L'avez-vous encore?

LE PRÉSIDENT. La voici. (Il la tire d'un portefeuille placé sur sa table et la lui remet entre les mains.)

DU BOURDET, lisant. Oui, l'arrivée de Ravaillac chez la marquise de Verneuil, leurs conciliabules avec MM. d'Épernon, Siete-Iglesias, treize jours avant l'assassinat!... (Il pose la feuille sur la table.)

LE PRÉSIDENT. Il ne manquait que votre signature et je vous défendis de signer... Que faites-vous?

DU BOURDET, qui a pris la plume. Je signe, monseigneur...

LE PRÉSIDENT, l'arrêtant et lui reprenant la plume. Non! non! vous êtes un digne homme, d'autant plus courageux que le courage peut vous coûter plus cher.

DU BOURDET. Vous refusez ma signature?...

LE PRÉSIDENT. Oui..... je ne veux compromettre inutilement personne. (Du Bourdet s'essuie le front et respire.) Seulement, quand le jour sera venu, m'autorisez-vous à vous demander de signer cet acte?

DU BOURDET. Oui!

LE PRÉSIDENT. Le signerez-vous?...

DU BOURDET. Le sacrifice est fait.

LE PRÉSIDENT, se levant. Merci, au nom de Dieu et de la patrie.... Ah! vous m'avez fait peur un moment... vous faiblissiez!

DU BOURDET. C'est que je n'avais pas encore réfléchi à une chose, monseigneur.

LE PRÉSIDENT. Laquelle?

DU BOURDET. Que Bernard est revenu, et que mon petit Aubin ne sera plus seul au monde. (Il pleure.)

LE PRÉSIDENT. Je serai son père, le vôtre! (Il l'embrasse.) Allons, reprenez cette douce vie et jouissez-en sans remords. Elle est utile désormais au salut de vingt millions d'hommes... Adieu!

DU BOURDET. Oh! au revoir, monseigneur!

LE PRÉSIDENT, avec solennité. Ne dites pas au revoir! je ferai tout au monde pour que vous ne me revoyiez jamais! adieu, adieu! (Il rentre chez lui; du Bourdet sort.)

TROISIÈME TABLEAU

Le jardin des Tuileries. — La volière à droite, au premier plan. — A gauche, l'escalier plongeant vers le quai. — Au fond, le grand rempart. — A droite, au troisième plan, l'escalier de la terrasse.

SCÈNE PREMIÈRE

ANNE D'AUTRICHE, ESTEFANA, puis MARGUERITE.

ANNE. Est-ce qu'on n'ouvre pas la porte du bord de l'eau? Vois, Estefana, c'est elle! Marguerite.

MARGUERITE, montant précipitamment l'escalier du quai. Me voici, madame, me voici!

ANNE. Veille, Estefana. (Estefana se place sur le grand escalier.)

MARGUERITE. Vous m'attendiez bien impatiemment? ma reine; pardon!... j'étouffe!... ai-je été suivie?... Non!

ANNE. Pauvre comtesse! chère amie, si pâle!...

MARGUERITE. J'ai eu tant de peine à traverser ces rues encombrées, à fendre cette multitude frémissante!

ANNE. Frémissante?...

MARGUERITE. Le peuple arbore partout les couleurs de M. de Vendôme et de M. de Condé, qui viennent de se déclarer pour le roi.

ANNE, après un mouvement de joie. Et ton embuscade de la forêt?

MARGUERITE. Elle a réussi.

ANNE. Les lettres sont remises?... en bonnes mains?

MARGUERITE. A un jeune homme qui passait tranquillement, ramenant du Havre toute une cargaison de cages pleines. Une loyale et souriante figure qui m'a paru, du coin où j'étais cachée, beaucoup plus inquiet pour ses oiseaux que pour sa vie, brave garçon, et qui a bien juré de rendre le message à son adresse.

ANNE. Il a juré, mais...

MARGUERITE. Il tiendra; un regard clair et droit, il tiendra.

ANNE. Dieu le veuille, car l'épreuve doit être décisive. Si le roi y résiste, Marguerite, s'il refuse de se laisser proclamer par les princes; maudit soit le jour où je mis le pied sur cette terre de France, maudit soit le Louvre et ses geôliers... Car je suis à bout de patience comme d'hypocrisie, et je ne serai plus jamais reine! alors, nous voilà bien perdues toi et moi.

MARGUERITE. Madame, nous avons été mariées le même jour, vous à un fils de roi, qui sera toujours, quoi qu'il arrive le premier gentilhomme du monde; tandis que mon mari...

ANNE. Tandis que celui à qui la reine mère et Concini l'ont livrée pour payer leurs dettes, ce Siete-Iglesias sera toujours le dernier des hommes, n'est-ce pas?... Eh bien, que notre complot réussisse, comtesse, et l'on verra ce que je ferai.

MARGUERITE. Oh! rien pour moi, madame, rien pour cette créature dont la foi est brisée comme l'avenir et qui déjà aurait cessé de vivre, si sa vie ne vous était bonne à quelque chose... N'êtes-vous pas la seule qui m'ayez devinée, qui m'ayez plainte, qui m'ayez aimée!...

ANNE. Nous nous sommes plaintes et aimées toutes deux, Marguerite.

MARGUERITE. Eh bien, vous possédiez déjà toute mon âme; qu'importe, au jour du succès, si ce malheureux corps disparaît broyé sous votre char de triomphe!... vous serez toute-puissante, vous serez heureuse, vous pouvez l'être, vous, je n'aurai donc rien à regretter! Mais je vous quitte; tremblant qu'on n'ait déjà remarqué mon absence chez la reine mère, tremblant qu'on ne me soupçonne d'être auprès de vous, de vous voir et de vous servir. Voilà un danger, madame, dont votre amitié même ne saurait pas me sauver... Adieu, adieu! (Revenant.) Dites-moi, on ne va pas faire de mal à ce jeune homme, n'est-ce pas? Il est si innocent de tout cela! Pauvre garçon, il y aurait conscience. Adieu, ma reine, adieu, adieu!... (Elle sort.)

ANNE. Derrière les volières, sous l'allée couverte, va!... Le roi! viens, Estefana, viens!... (Elles disparaissent toutes deux dans l'allée voisine.)

SCÈNE II

LE ROI, LUYNES, arrivant par le grand escalier.

LE ROI. Tu vois, Luynes, tu vois si j'ai du malheur! oh! Cadenet ne les aura pas!

LUYNES. J'en ferai une maladie...

LE ROI. Te rappelles-tu ces espèces de bouvreuils bleus, semés de poudre vert et or, et ce noir piqué de jaune... oh!

LUYNES. Et ce blanc rayé noir, avec une queue gris cendré sale!

LE ROI. Cendré sale? ah! mon Dieu! je ne les aurai pas. C'est fait pour moi ces malheurs-là!

LUYNES. Le fait est que les autres, lorsqu'ils désirent quelque chose, savent se le faire donner...

LE ROI. Les autres, oui! (Soupir.) Que font-ils là-haut les autres?...

LUYNES. Ils sont au conseil, je pense.

LE ROI. Ah! (Long soupir.)

LUYNES. Mais voyez donc, sire, c'est Cadenet!

LE ROI. Qui saute les haies et les fossés!

LUYNES. Ah! mon Dieu, mais il va renverser cette dame. La reine, maladroit!

SCÈNE III

LES MÊMES, CADENET.

CADENET, de loin. Je les ai! je les ai!...

LE ROI. Les oiseaux?...

CADENET. Cinquante... Bernard de Preuil me les a cédés. (A Luynes.) Notre ami de Preuil, vous savez. J'en ai cinquante!

LE ROI. Brave Cadenet!

CADENET. Et l'on apporte les cages derrière moi!

LE ROI. Oui?

CADENET. Faut-il les faire entrer dans la volière?

LE ROI. Fais ouvrir, nous les placerons nous-mêmes.

LUYNES. Sire!

LE ROI. Qu'y a-t-il?

LUYNES. La reine, sire! (Entre Anne d'Autriche riant.)

LE ROI. Si matin, déjà levée, madame?...

SCÈNE IV

LES MÊMES, ANNE, ESTEFANA, puis BERNARD.

ANNE. Oui! sire, bonjour; savez-vous que M. de Cadenet a failli me franchir à la course; j'en suis encore toute étourdie!...

LE ROI. Il m'apportait... vous allez voir, tenez. (Il la conduit à la volière.)

CADENET, à Luynes. La reine qui exècre les oiseaux!...

ANNE, frappant ses mains. Viens donc, Estefana. Oh! les merveilles, les merveilles!...

LE ROI. N'est-ce pas?...

LUYNES, surpris. Tiens!

ANNE. On voudrait baiser ces petites pelotes de soie!

CADENET. Bah! ce n'est pas naturel! (Un officier appelle Cadenet et lui parle bas. La reine le voit du coin de l'œil.)

ANNE. Que je vous aide, sire.

LUYNES, bas à Cadenet. Quoi donc?...

CADENET, de même. Bernard, qui me demande à voir le roi.

LUYNES, bas. Mais c'est impossible.

CADENET, bas à Luynes. Oh! monsieur, il a été si gracieux!

ANNE, à Luynes. Vous dites?...

LUYNES. Madame...

ANNE. Je croyais avoir entendu...

LE ROI. Entendu, quoi?...

CADENET. Le maître des oiseaux, sire, il est là, et demande...

LE ROI. Qu'on le paye?... c'est trop juste.

LUYNES. Non pas, sire, tout au contraire, il dit avoir quelque chose à remettre au roi. (Mouvement d'Anne.)

LE ROI. Qu'il vienne. (A Anne.) C'est peut-être quelque rareté

ANNE. Peut-être; où donc est-il?...

CADENET, amenant Bernard avec lequel il a causé tout bas. Le voici, madame, mais il ne s'agit plus d'oiseaux...

LE ROI. Ce qu'il m'apporte, qu'est-ce donc?...

CADENET. Une lettre que des gens inconnus l'ont forcé, l'épée sur la gorge, de venir rendre à Votre Majesté.

LE ROI, inquiet. Oh! si on le renvoyait...

ANNE. Qu'il s'explique, au moins.

LE ROI, à Bernard, embarrassé. Que voulez-vous?... qu'est-ce que tout cela?

BERNARD. N'en parlons plus, sire. (A Cadenet.) On ne me tuera qu'une fois, n'est-ce pas?...

LE ROI. Qu'entend-il par là?

CADENET. Il paraîtrait qu'on l'a menacé de le tuer, s'il n'avait pas rendu son message sous deux heures.

ANNE, avec une feinte compassion. Ah! pauvre homme.

CADENET, bas à Bernard. La reine!

LE ROI. Pour une simple lettre?...

BERNARD. Pardon, sire, il y en a trois...

LE ROI. Trois! pour moi seul!...

BERNARD. Non, sire, les autres sont pour la reine mère et les princes.

LE ROI. Pourquoi venez-vous à moi d'abord?...

BERNARD. Parce que le roi est le maître et le seigneur ..

ANNE. Il est très-bien, ce jeune homme...

CADENET. Un de Preuil, madame; sa mère était Pontis.

LE ROI. Deux noms rassurants; donnez-moi la lettre qui est pour moi.

ANNE, à part. Enfin!

LE ROI. Ouvre, Luynes, et lis... (La reine, près de la volière, agace les oiseaux avec Estefana.)

LUYNES, qui a parcouru. Ah! cela va être difficile à lire... (Geste impératif du roi, Luynes s'incline, il lit.) « Sire, vous avez dix-sept ans, vous êtes homme; c'est un peuple que Dieu vous a donné à nourrir et non des chiens et des gerfauts. » (S'interrompant.) Sire!

LE ROI. La leçon est sévère; va!

LUYNES, lisant. « Ce royaume conquis par le héros, votre père, est chaque jour écorné par des traîtres et des larrons qui s'abritent derrière le manteau royal, qu'en France, vous seul avez le droit de porter. »

LE ROI. Va!...

LUYNES. « Voilà des princes, vos amis, vos frères qui s'arment pour votre querelle... Les abandonnerez-vous? Régnez, Louis, les ambitieux vous disent qu'il n'est pas temps encore, bientôt la France vous dira qu'il ne l'est plus!... »

LE ROI, atterré. Oh! oh!

ANNE, avec joie. Il a pâli!... (Accourant.) Quoi donc, sire?...

LE ROI, l'écartant doucement. Ainsi, voilà la pensée du peuple, voilà la vérité?... Il faut que les autres la sachent aussi. (A Bernard.) Avancez!

CADENET, à Bernard. Tiens-toi bien.

LE ROI. Vous ne savez ni le contenu de ces lettres, ni de quelle part elles viennent?

BERNARD. Oh! je le jure!

LE ROI. Faites auprès de la reine régente ce que vous avez fait auprès de moi. Portez-lui la dépêche qui lui est destinée. Cadenet vous introduira. Merci, monsieur!... allez!...

ANNE, ravie. Voilà qu'on sort du conseil, sire, et la reine mère descend dans le jardin, l'attendez-vous ici?

LE ROI. Je rentre chez moi, madame... J'ai affaire... Luynes! qu'on m'amène M. de Vendôme et M. de Condé aussitôt qu'ils paraîtront au Louvre!... (Il sort avec Luynes.)

ANNE. Je serai reine aujourd'hui... Vous avez entendu, M. de Cadenet, présentez ce jeune homme à la régente!... (Elle sort de son côté avec Estefana.)

SCÈNE V

CADENET, BERNARD, LA REINE MÈRE, LE MARÉCHAL, MARGUERITE, SIÈTE-IGLESIAS, D'ÉPERNON, Courtisans, Dames, Officiers.

CADENET. Oh! mon pauvre Bernard, comme cela sent l'orage. (Ils se retirent à l'écart pendant l'entrée de la cour.)

LA REINE MÈRE, au maréchal. Non, Concini, non, pas aujourd'hui, c'est un mauvais jour.

LE MARÉCHAL. L'occasion commande, madame; les deux princes sont en chemin, chaque pas qu'ils font grossit l'émeute.

D'ÉPERNON. Et le parlement conspire avec eux.

LE MARÉCHAL. Si vous ne les faites arrêter, nous sommes débordés, dépouillés!

LA REINE MÈRE. Pas aujourd'hui, te dis-je! il m'arriverait malheur!

LE MARÉCHAL. Comment?...

LA REINE MÈRE, bas, mystérieusement. Je l'ai revu... tu sais, la vision sombre qui m'apparut le soir même de la mort du roi, cette figure de soldat qui sortait de dessous mes rideaux et qui m'est restée là, comme une éternelle menace!

LE MARÉCHAL. Un rêve!

LA REINE MÈRE. Ce matin j'étais assoupie après une nuit sans sommeil, je te dis que je l'ai revu... N'entreprenons rien aujourd'hui...

SIÈTE-IGLESIAS. On se passe de moi, à ce qu'il paraît. (S'approchant de Marguerite.) Savez-vous ce qu'on vient de me dire, madame?...

MARGUERITE. Voyons, monsieur.

SIÈTE-IGLESIAS. On m'assurait que cette robe bleue a été vue, ce matin, chevauchant aux portes de Paris.

MARGUERITE, émue. Qui vous a si bien renseigné, monsieur... madame de Verneuil ou sa fille?...

SIÈTE-IGLESIAS. Qu'importe!...

MARGUERITE. C'est vrai, il importe peu: l'essentiel, c'est qu'il vous déplaît que je sorte à cheval; désormais, j'irai me promener à pied.

SIÈTE-IGLESIAS. Vous promener!...

MARGUERITE. Il vous déplaît que je me promène?... je resterai chez moi... Obtenez de la reine mère qu'elle me relève de mon service auprès d'elle! (Elle s'éloigne.)

SIÈTE-IGLESIAS. Tout cela n'est pas répondre. (Un officier vient le chercher. Il se hâte.) On revient à moi.

LE MARÉCHAL. Arrivez, comte, la reine se refuse à tout.

SIÈTE-IGLESIAS, bas. Lui avez-vous rapporté ce que le président nous a dit ce matin? (Mouvement d'effroi du maréchal.) Elle hésiterait moins!...

SCÈNE VI

LES MÊMES, LE CAPITAINE DES GARDES.

LE CAPITAINE, à la reine mère. M. de Condé approche du petit guichet, M. de Vendôme débouche par la rue Saint-Honoré.

LA REINE MÈRE. Accompagnés?...

LE CAPITAINE. Quinze à vingt gentilshommes.

LE MARÉCHAL. J'ai deux cents épées pour les conduire à la Bastille...

D'ÉPERNON. J'ai mon régiment des gardes.

SIÈTE-IGLESIAS. Ne laissez pas arriver les princes jusqu'au roi!

LE MARÉCHAL. Faites-nous libres une bonne fois.

LA REINE MÈRE. Pas aujourd'hui!... (Apercevant Cadenet. Elle se dirige vers lui.) N'est-ce pas quelqu'un à mon fils? Cadenet?... Que veut-il?...

LE MARÉCHAL, à Siète-Iglesias. Elle a peur, elle nous échappe.

SIÈTE-IGLESIAS. Elle y viendra!

CADENET, présentant Bernard à la régente. Ce jeune gentilhomme de la part du roi.

LA REINE MÈRE. De mon fils tout est bien venu; une dépêche, donnez. (Bernard lui remet la lettre.)

CADENET, s'écartant. Gare!...

BERNARD, bas à Cadenet. Si tu instruisais Sa Majesté de la façon dont cette lettre est tombée dans mes mains?

CADENET. Tu as raison. (Il cause avec le maréchal, d'Épernon, Siète-Iglesias, il leur explique tout. La reine mère lit et froisse le papier avec rage.)

BERNARD. Est-ce que j'ai oublié une de mes petites vipères dans l'enveloppe?

LA REINE MÈRE, l'œil enflammé. C'est vous qui m'apportez ceci?...

MARGUERITE, à elle-même. Le malheureux!...

BERNARD, gracieux. Oui, madame.

LA REINE MÈRE. Voilà un homme hardi... (Elle passe la lettre au maréchal qui lit et passe à d'Épernon.)

BERNARD. Voilà une mauvaise affaire.

LE MARÉCHAL. Une sommation de quitter la régence, à vous.

D'ÉPERNON. Et de nous chasser!

SIÈTE-IGLESIAS, à Bernard. Oui dà! savez-vous bien ce que vous avez apporté là, mon maître?

BERNARD. Pas plus que je ne le savais en remettant une lettre pareille au roi!...

LA REINE MÈRE. Il en a porté une au roi!...

BERNARD. J'en ai même une pour les princes. (Siète-Iglesias lui arrache la lettre.)

CADENET, bas. Tais-toi donc!

LA REINE MÈRE. Il a des complices!

LE MARÉCHAL. Les princes, madame!

SIETE-IGLESIAS. Et le parlement!

SCÈNE VII

LES MÊMES, D'ÉPERNON.

D'ÉPERNON, accourant, à la reine mère. M. de Vendôme monte au cabinet du roi.

LE MARÉCHAL, à la reine mère. Voyez-vous!

SIETE-IGLESIAS. Et vous hésitez, madame!...

LA REINE MÈRE. Je n'hésite plus, faites! (Le capitaine, d'Épernon et plusieurs officiers se précipitent vers le Louvre. Grand mouvement de ce côté.)

BERNARD, à Cadenet. Cours prévenir le roi!

CADENET. Oui! oui!... (Il sort.)

LA REINE MÈRE, revenant à Bernard. Celui-ci, on le fera s'expliquer.

LE MARÉCHAL. La prison d'abord!

SIETE-IGLESIAS. La question ensuite, pour lui et les siens.

BERNARD. Je vous défie bien de faire parler même Aubin, mon petit frère! (Il s'arrête. Marguerite en face de lui, lui fait signe de se taire, un doigt sur ses lèvres. Étonné.) Ce signe, c'est pour moi?... (Cris, tumulte au fond. Grande prise d'armes, l'attention de tous est appelée de ce côté. Une double haie de gardes vient occuper le jardin et sépare Bernard du groupe de la cour.)

LA REINE MÈRE, aux gentilshommes qui reviennent. Est-ce fini?...

D'ÉPERNON, accourant. Ils sont arrêtés!

LE MARÉCHAL. Nous sommes les maîtres!

SIETE-IGLESIAS. Deux sur trois!...

BERNARD, à lui-même. C'est fait de toi, mon pauvre Bernard! (Il sent une main toucher son épaule.)

MARGUERITE, à Bernard. Ne vous retournez pas; derrière vous, il y a une porte... celle des fossés du bord de l'eau! Fuyez, ne perdez pas une seconde; voici la clef, allez!... (Elle glisse une clef dans sa main.)

BERNARD, se retournant. Elle encore!... (Il reste stupéfait.)

MARGUERITE. Mais partez donc, voulez-vous me perdre avec vous?... (Il s'enfuit et disparaît par le petit escalier plongeant. — Les deux princes traversent la terrasse, prisonniers; leurs épées dans la main du capitaine, entre la double haie de soldats, d'officiers et de gentilshommes.)

CRIS DES COURTISANS. Vive la reine régente!... (Au fond, des cris de l'émeute derrière le mur de la terrasse.) Vive Vendôme!... vive le parlement!... vive le roi!...

D'ÉPERNON, saluant la reine mère dont il baise la main. Régente et maîtresse à toujours!

LE MARÉCHAL. Plus rien sur notre route, enfin!...

SIETE-IGLESIAS. Si! le président! (Acclamations de toute la cour, des officiers, des soldats.)

ACTE DEUXIÈME

QUATRIÈME TABLEAU

La maison de du Bourdet aux Bordes.—A droite, au premier plan, petite porte du parc masquée sous les lierres et les clématites. Bancs de jardin, chaises, allées, vieux arbres. — A gauche, au premier plan, porte d'un escalier en tourelle conduisant au premier étage. — Au deuxième plan, la maison, dont le premier étage est formé d'une galerie avec rampe en face du spectateur. — Au milieu de cette galerie la porte de la chambre où du Bourdet cache Marguerite. — La galerie fait un retour d'équerre comme la maison, vers le fond du théâtre, et l'entrée de la maison est au troisième plan à gauche. — Au fond, terrasse conduisant aux communs, et au parc dont les ombrages s'étendent à perte de vue. — Ciel bleu. Soleil. Riante journée d'automne. Feuillages et fleurs grimpantes sur la maison et la galerie.

SCÈNE PREMIÈRE

DU BOURDET, BERNARD, AUBIN.

DU BOURDET. Eh bien, Bernard, comment vous trouvez-vous de votre promenade? Quelle fraîcheur! quel matin parfumé! Respire-t-on bien aux Bordes? vit-on bien?... (A Aubin.) Vous avez répandu de la crème sur votre manche.

AUBIN. Ce n'est pas moi, c'est mademoiselle Sylvie en servant mon frère!

DU BOURDET. Le parc a maintenant quatre cents arpents d'un seul gazon, je vous ai arrondi, hein?

BERNARD. Oh! vous m'avez fait bien riche!

DU BOURDET. Comme il dit cela! le prendrait-on pour un homme échappé miraculeusement au plus terrible danger... A propos, nous parlons toujours de cette petite porte libératrice qu'on vous a ouverte aux Tuileries... Mais vous ne nous dites pas qui vous l'a ouverte! Quel Dieu? quelle déesse?

BERNARD. Je ne sais pas... je n'ai pas vu...

DU BOURDET. Ah! Bernard, j'ai plus de sang-froid dans le péril... *robur et œs triplex!* Ainsi quand Aubin épouvanté par

cet affreux prévôt tomba évanoui dans les bras de cette dame, la parente de Lafougeraie, d'autres eussent perdu la tête... Eh bien, voulez-vous que je vous dépeigne... Je n'ai pas pu voir son visage... mais voulez-vous que je vous dise la couleur de sa robe, de sa mante, de ses gants?...

AUBIN. Je ne l'ai pas vue, moi, mais elle m'a laissé un souvenir... oh! un charme qui m'attache à elle malgré moi.

BERNARD. Quoi donc?

AUBIN. Un parfum... celui de ses habits, sans doute lorsqu'elle me portait dans ses bras... Tenez, je le retrouve encore. (Il flaire son pourpoint.)

DU BOURDET. Petit sensuel!

AUBIN, à Bernard. Respirez un peu, mon frère.

BERNARD, l'embrassant. C'est étrange... oh! ce parfum!...

DU BOURDET. Voyez le petit câlin, pour qu'on l'embrasse! oh! tant mieux! que le petit se fasse aimer du grand! que le grand protège le petit!

AUBIN. Eh bien, voilà que vous vous attristez!...

DU BOURDET. Moi! jamais la vie ne m'a paru si belle!... et à vous, Bernard?...

BERNARD. Certes...

DU BOURDET. Et vous allez avoir une femme!... voyons, vous ai-je trompé? est-elle assez mignonne, cette Sylvie?

BERNARD. C'est la vérité!...

DU BOURDET. Et des qualités!... bonne famille, ces des Noyers, noblesse d'épée par les hommes, de robe, par...

AUBIN. Par les femmes...

DU BOURDET. Moins d'esprit, monsieur le goguenard, je n'aime pas les coq-à-l'âne, moi. L'Ancre à la potence! et le capitaine Hugues... Rappelez-vous donc un peu, monsieur le drôle! (Aubin s'écarte assombri par ce souvenir.) Oui, bonne alliance, Bernard, dix mille pistoles, je les ai vues... et pas de famille! précieuse condition.

BERNARD. Oui, monsieur... quel père vaudrait celui que j'ai... Quant au nom de mère, on ne peut plus le donner à personne, quand on a perdu la mère que nous avions, n'est-ce pas, cher Aubin?

DU BOURDET. Il y a donc la tante, un peu roide, un peu prude, mais c'est une garantie, et le frère toujours absent. Officier, inconnu, peu gênant. Enfin, répondez, concluez.

BERNARD. Eh! monsieur, la femme, la dot, les convenances, tout est parfait! vous avez découvert...

DU BOURDET. Un trésor, vous vous en apercevrez en faisant votre cour.

BERNARD. Ma cour? et pourquoi?...

DU BOURDET. Mais pour connaître Sylvie.

BERNARD. Abrégeons; trouverai-je jamais mieux?

DU BOURDET. Oh! si jamais fleur candide, ingénue, s'ignorant elle-même... aux Feuillantines à huit ans! sortie à dix-huit!... pas une mauvaise note... La supérieure l'a renvoyée l'année dernière.

BERNARD. Renvoyée?

DU BOURDET. Parce qu'elle n'avait plus rien à apprendre.

BERNARD. Voyons! vous êtes satisfait que je me marie, n'est-ce pas?

DU BOURDET. Je l'avoue.

BERNARD. Tout de suite alors, tout de suite; c'est fait, conclu, paraphé!...

DU BOURDET. Sans rien regretter ailleurs?...

BERNARD. Oh! cher père, vous finirez par trop exiger. Que diable, si l'on demandait au soldat qui escalade un bastion et fait contre fortune bon cœur : « Dis-moi, gaillard, est-ce que tu ne regrettes pas ce bon vin clair du dimanche, et les minois qui t'agaçaient, et le ciel qui vermillonnait si doux? » Peste! le moyen serait mauvais pour encourager ce malheureux à s'aller faire casser la tête.

DU BOURDET. Voilà votre opinion sur le mariage?

BERNARD. Non! mais vous parlez de regrets, de rêves, quel homme à mon âge n'a pas les siens? Vite, combattons-les par quelque réalité salutaire, un coup de canon dans ces vapeurs, le mariage, le mariage!...

DU BOURDET. A la bonne heure, ces dames vont venir nous rendre la visite du matin, donnons-leur parole, hein?...

BERNARD. Donnons.

DU BOURDET. En sorte que l'oncle Pontis, à son arrivée, trouvera la plume toute prête pour signer au contrat, et les violons tout accordés pour la noce.

BERNARD. Vous croyez qu'il arriverait?

DU BOURDET. Voilà un mois que je lui ai écrit nos projets, il n'a pas répondu, c'est qu'il vient.

BERNARD. Savez-vous que je ne l'ai pas vu depuis douze ans.

DU BOURDET. Il est lieutenant de roi, à Grenoble.

BERNARD. Soit, mais il s'y enterre. Lui, le chevalier de Pontis! un nom connu dans le monde entier.

DU BOURDET. Le fait est qu'il devrait tenir son bâton de maréchal.

AUBIN. Je veux lui demander moi, pourquoi il ne l'a pas !

DU BOURDET. Prenez garde, Aubin, il y a là un grand secret, nous avons dû le cacher à des enfants.

AUBIN. Oh ! traitez-moi en homme, dites-le-moi.

DU BOURDET. Ne fût-ce que pour vous empêcher de réveiller imprudemment chez votre oncle des souvenirs cruels.

BERNARD. Mon pauvre oncle !

DU BOURDET. Il a tué dans sa jeunesse, un homme, son meilleur ami ! et ce sombre événement a jeté sur sa vie un deuil ineffaçable... Vous le verrez à trente-cinq ans, vieux, blanchi, éteint. Jamais on ne l'a vu rire. Évitez, Bernard, évitez, Aubin, de prononcer devant lui ce mot : Espérance ! Espérance était le nom du compagnon chéri qu'il a tué.

BERNARD. Oh !

DU BOURDET. Pontis, retenu malgré lui au service par le feu roi, quitta la cour le lendemain même de l'assassinat de son maître... nous ne l'avons plus revu... On ne l'eût revu jamais sans votre mariage. Vous voilà instruits... Montrez-nous, Aubin, que vous n'êtes plus un enfant !...

AUBIN. Oui, mon père.

DU BOURDET. Et secouons tout cela. (A Aubin.) Vous, courez faire avertir pour le contrat maître Bordinier... Toi, Marcelle, expédie les laquais chez nos amis du voisinage, et envoie le garde-chasse à la recherche du rôti. (Cris au loin, aboiements.) Voilà que cet Aubin a fait encore des siennes. L'entendez-vous ? Entendez-vous les chiens ? (Aboiement des chiens.) Veux-tu bien te taire, garnement !

AUBIN, de loin. Mon oncle !

DU BOURDET. Eh bien, après ?

AUBIN. Mon oncle Pontis !

BERNARD. Au château ? (Il court vers la terrasse.)

DU BOURDET. Quand je vous disais, Bernard ; ah ! voilà une journée complète !

SCÈNE II

LES MÊMES, PONTIS, AUBIN.

PONTIS, les embrassant. Mes amis ! mes amis !...

DU BOURDET, radieux. Mon frère ! chers enfants !

PONTIS. Que m'a dit ce petit, on signe le contrat aujourd'hui ?...

DU BOURDET. Aujourd'hui même.

PONTIS. Si tôt ! Êtes-vous si pressé, Bernard ? (Silence général.)

DU BOURDET, à lui-même. Ah ça ! mais, il n'y a donc que moi de pressé ici. (Haut.) Vous avez vu du nouveau, hein, beau-frère, en traversant la propriété, cherchez bien, de la lisière du bois ici ?... (Pendant ce temps Aubin a monté sur une chaise et détache le manteau de Pontis qui s'assied.)

PONTIS. Je n'ai vu que trois choses, qui ne sont pas tout à fait nouvelles et que l'on voit partout où l'on va... un enfant qui volait des pommes, un homme ivre qui achevait de s'enivrer et une jeune fille qui recevait un billet doux.

BERNARD. Une fille qui recevait un billet doux ; en effet, ce n'est pas rare.

DU BOURDET. Partout ailleurs... mais ici... dans un désert !

PONTIS. Bah ! Est-ce qu'il n'y a pas des filles, même dans les déserts ?

DU BOURDET. Je parie que l'on n'en compterait pas ici quatre en âge de recevoir des billets.

PONTIS. Ce sera une de ces quatre-là.

BERNARD. Où l'avez-vous surprise ?

PONTIS. Surprise est bien le mot... car en arrivant, comme je voulais aller revoir une petite rotonde où ma sœur et moi nous nous étions dit adieu à mon dernier départ, j'entrai sous bois avec mon cheval. La bête broutait, moi je rêvais ; lorsque, sans songer à guetter, je vis à travers les feuillages, cette fille arriver et prendre son billet doux dans la main du cavalier, et voilà !...

BERNARD. Quelle espèce de fille ?...

PONTIS. Jolie, mignonne, comme elles sont toutes.

BERNARD. Plus ou moins.

DU BOURDET. Mais de tournure, d'habits... Demoiselle ou paysanne ?...

PONTIS. Demoiselle. Mais en vérité comme vous me questionnez tous ?...

DU BOURDET. Écoutez donc... je vous accordais tout à l'heure un chiffre rond de quatre filles à billets doux ; mais si vous parlez de demoiselles !...

BERNARD. Je n'en vois pas quatre !...

AUBIN. Je n'en vois même qu'une.

DU BOURDET, le repoussant. J'aime à croire que vous allez vous taire. (Se retournant.) Ces dames.

PONTIS. Ah ! ah ! ces dames.

SCÈNE III

LES MÊMES, SYLVIE, MADAME DES NOYERS.

MADAME DES NOYERS. Délicieuse habitation, cher voisin, délicieuse.

DU BOURDET. Enrichie depuis quelques moments, Madame ; permettez-moi de vous présenter mon beau-frère, le chevalier de Pontis, lieutenant de roi à Grenoble.

MADAME DES NOYERS. A qui j'ai le plaisir de présenter mademoiselle Sylvie des Noyers, ma nièce. (Révérence de Sylvie, Pontis recule stupéfait.)

BERNARD. Elle est jolie, n'est-ce pas mon oncle ?

DU BOURDET, à Pontis. Vous avez quelque chose ?

PONTIS, bas. Moi ?...

DU BOURDET, bas. Vous ! et soyez sincère, mon ami.

PONTIS. Oui ! oui ! je connais ces façons-là... Soyez sincère, et si vous l'êtes, loin de vous.

DU BOURDET. Vous, l'oncle de Bernard, vous nous devez la vérité.

PONTIS. La vraie ? êtes-vous homme à l'entendre ?

DU BOURDET. Et à en profiter. Vous connaissez Sylvie ?

PONTIS. Je la reconnais.

DU BOURDET. Vous l'avez vue ?

PONTIS. Tout à l'heure dans le bois, recevant du cavalier un billet qu'elle a déchiré en mille millions de morceaux.

DU BOURDET, haut par exemple ! (Droit à Sylvie.) Savez-vous ce que dit le chevalier, chère demoiselle ?

SYLVIE. Je voudrais le deviner, monsieur, si ce n'est pas trop désagréable pour moi !

DU BOURDET. Il prétend vous avoir déjà vue.

MADAME DES NOYERS. Quand donc ?...

DU BOURDET. Il y a une heure, dans le bois, avec un cavalier.

SYLVIE, troublée. Croyez-vous ?

PONTIS. J'en suis sûr.

SYLVIE. J'étais allée au-devant du courrier, de mon frère que nous attendions aujourd'hui.

MADAME DES NOYERS. C'est vrai que nous l'attendions, ce courrier, et il est venu... Eh bien, après ?

SYLVIE. Eh bien ! dans le bois, je lui ai demandé s'il avait une lettre pour nous. C'est alors que monsieur le chevalier m'aura vue.

DU BOURDET. Lisant et déchirant la lettre ?

MADAME DES NOYERS. Comment, déchirant ?... la voici. (Elle tire une le tr de son sac.)

SYLVIE. Je ne me souviens pas d'avoir déchiré quelque chose. (Mouvement de Pontis.) Ou bien ce sera quelque papillote insignifiante que j'aurai mise en pièces sans savoir...

DU BOURDET. C'est vraisemblable.

BERNARD. Tout à fait vraisemblable, n'est-ce pas ?

PONTIS, sérieux. Tout à fait vraisemblable.

MADAME DES NOYERS. Oui, mon neveu nous annonçait qu'il arrive aujourd'hui.

DU BOURDET. Vous voyez, beau-frère.

PONTIS. Certainement. (A lui-même.) Il y avait deux lettres... une pour la tante, une pour elle... qu'elle a déchirée, et quand on déchire une lettre, c'est pour qu'elle ne soit pas vue. (Pendant ce temps la vieille dame a fouillé dans ses poches pour en tirer une liasse de papiers et du Bourdet cause avec elle.)

DU BOURDET, à madame des Noyers. Cela vous convient-il ainsi ? Oui ! Eh bien, voilà ! qui est arrangé. Touchez là...

MADAME DES NOYERS. Tope, cher voisin... et voici tous les titres et papiers de famille que je vous ai promis.

DU BOURDET. Merci, et à table. Bernard, la main à madame. (A Sylvie.) Votre main, belle Sylvie... (A Pontis.) Cher chevalier...

AUBIN. Votre main, mon oncle. Oh ! la meilleure de toutes ! (Il lui baise la main.)

DU BOURDET. A table !

SCÈNE IV

LES MÊMES, CADENET.

CADENET. J'arrive bien !

DU BOURDET, BERNARD. Cadenet !

DU BOURDET, saisi. Ah ! mon Dieu ! qu'y a-t-il encore ?... Permettez, mesdames.

CADENET. Rassurez-vous, monsieur, rien qu'une bonne nouvelle. Le roi qui a su de moi le danger où s'était trouvé Bernard en présence de la reine mère et votre fuite si rapide de Paris, le roi a dit à mon frère : « Luynes, fais assurer ce gentilhomme de ma protection ! qu'il vive en paix, et puisqu'il se marie, en retour du plaisir qu'il m'a fait avec ses oiseaux, porte-lui mon présent de noces. » (Il offre un petit écrin à Bernard.)

DU BOURDET. L'admirable agrafe ! (A Sylvie.) Voyez donc, mademoiselle.

BERNARD. Émeraudes, diamants ! si je ne savais à qui l'offrir, je trouverais le présent trop riche.

CADENET. J'ai eu assez peur en route avec ces diamants-là. Traverser tous ces fourrageurs, tous ces batteurs d'estrade dont vos environs sont remplis.

DU BOURDET. Remplis! des cavaliers! pourquoi faire?...

CADENET. Vous ne savez pas?...

TOUS. Non!...

CADENET. Pour rattraper M. de Vendôme!...

PONTIS, s'approchant. M. de Vendôme s'est enfui?...

CADENET, saluant. Parfaitement.

PONTIS. Comment cela s'est-il fait, monsieur?...

CADENET. On ne sait pas! Génie, fée, diable, quelqu'un a ouvert la cage, et M. de Vendôme s'est envolé.

TOUS, excepté Pontis. Ah! (Ils applaudissent bruyàmment.)

CADENET. De là, poursuites, arrestations, cavalerie, visites domiciliaires et terreur partout. Le rattrapera-t-on? ne le rattrapera-t-on pas?...

DU BOURDET. Rattrapons notre dîner, nous autres; n'est-ce pas, mesdames?

CADENET. Bien dit!... (Ils se dirigent vers le fond.)

DU BOURDET. Ah! serrons d'abord les papiers; Bernard, passez devant, passez! une minute!... Je suis à vous, passez! (Il entre chez lui, la compagnie s'éloigne au fond, la petite porte à droite s'ouvre et Lafougeraie paraît.)

SCÈNE V

DU BOURDET, dans la maison, LAFOUGERAIE,

LAFOUGERAIE. Du Bourdet est rentré seul. (Il s'avance.) Plus personne! (Il avance encore.)

DU BOURDET, chantant. Ne laissons pas refroidir... (Apercevant Lafougeraie.) Hein!

LAFOUGERAIE. Chut!

DU BOURDET. Toi!

LAFOUGERAIE. Et elle!

DU BOURDET. Qui, elle?

LAFOUGERAIE. Celle qui a sauvé ton petit Aubin!... (Il fait signe à Marguerite, restée en dehors.)

DU BOURDET. Bah!

SCÈNE VI

LES MÊMES, MARGUERITE.

MARGUERITE. Et qui vient vous confier à son tour sa vie et son honneur!...

DU BOURDET. Qui donc les menace?

MARGUERITE. Ceux qui poursuivent M. de Vendôme que j'ai fait échapper cette nuit, et à qui j'ai servi de guide!

DU BOURDET. Vous?

MARGUERITE. Nous nous sommes égarés... Lafougeraie a reconnu votre maison... On nous cherche, on peut retrouver nos traces!...

DU BOURDET. Me voilà bien!

LAFOUGERAIE. Tu hésites?

DU BOURDET. Moi!

MARGUERITE. Monsieur a raison, il risque trop si on nous trouvait chez lui, partons!...

DU BOURDET. Allons donc, madame, hésiter! le premier moment peut-être... (Cris d'Aubin qui appelle son père.)

MARGUERITE. J'entends des voix!

DU BOURDET. On me cherche...

LAFOUGERAIE. On t'appelle! (Mêmes cris.)

MARGUERITE. On vient!

DU BOURDET. Ce petit sacripant d'Aubin!... (A Lafougeraie.) Toi, tu connais le parc, file par le taillis, passe dans l'île, et cache-toi dans la cabane de mon pêcheur! (Lafougeraie sort à droite.)

MARGUERITE. Et moi?...

DU BOURDET. Vous, madame, suivez-moi, vite! vite! montons... j'entends Aubin! (Ils sortent et montent l'escalier à gauche.)

SCÈNE VII

LES MÊMES, dans l'escalier dont DU BOURDET ferme la porte, AUBIN.

AUBIN. Eh bien, mon papa, vous ne venez donc pas?

DU BOURDET, en haut à Marguerite, dans la galerie. Chut! (Ils se baissent derrière le balustre.)

AUBIN. On vous attend! Bah! tout est fermé; il n'y est plus, il a passé par la grande allée! (Il court et disparaît.)

DU BOURDET, ouvrant la porte du premier étage. Madame, voici la chambre qu'habitait ma femme. Nul n'y entre jamais, c'est un lieu sacré!...

MARGUERITE, lui serrant les mains. Oh! monsieur!

DU BOURDET. Que comptez-vous faire?...

MARGUERITE. Me reposer quelques heures des fatigues de cette nuit, et ce soir reprendre nos chevaux que Lafougeraie a laissés dans le bois. (Le voyant inquiet.) Ah! je vous cause bien des embarras!

DU BOURDET. Mon Dieu, non, madame, seulement cela tombe mal, je marie aujourd'hui mon beau-fils.

MARGUERITE. Votre?...

DU BOURDET. Bernard de Preuil...

MARGUERITE. Ah! vous le... Eh bien! allez, monsieur, allez!

DU BOURDET. A bientôt... je reviendrai par ma chambre qui est ici, tenez, contiguë à la vôtre... n'ayez pas peur!

MARGUERITE. Oui! oui!

DU BOURDET. Quelles mains froides... pourvu qu'elle n'aille pas tomber malade ici. (Il part.)

SCÈNE VIII

MARGUERITE, seule. De l'air, des fleurs, le ciel, les champs! Ne suis-je pas trop heureuse d'avoir trouvé une prison si sûre et si charmante... je respire ici le bonheur des autres! (Elle s'assied près de la rampe.) L'étrange aventure, après tout, retrouver ici ce jeune homme, ce Bernard, dont j'ai sauvé la liberté, la vie, et qui ne me connaît pas, et ne se souvient pas même de moi... Il va se marier! (Éclats de rire au loin, elle se lève; même rire.) Je connais cette voix... (Rires.) Mais oui... Si je pouvais voir sans être vue, derrière ce pilier, sous ces feuilles... Cadenet! (Elle se retire avec frayeur, Bernard et Cadenet s'approchent et viennent s'asseoir sous la fenêtre de Marguerite.)

SCÈNE IX

MARGUERITE, en haut, CADENET, BERNARD.

CADENET. Ta future est ravissante... je comprends que tu sois pressé. (Il rit.)

MARGUERITE. Si je rentre... je fais crier la porte... je me boucherai les oreilles quand il faudra. (Elle reste debout derrière le pilier.)

CADENET. Hein! ces yeux! ce pied! ces fossettes! as-tu vu?

BERNARD, rêvant. Ah!

CADENET. Tu n'as pas vu ses fossettes?...

BERNARD. Non!

CADENET. Voilà un singulier amoureux!

BERNARD. Qui te dit que je le sois?...

CADENET. Bah! Et bien, alors pourquoi te marier?

BERNARD. Parce qu'il le faut, Cadenet; parce qu'il faut que je me hâte de couper court à certaines chimères qui m'envahiraient si je les laissais pousser dans le jardin de ma pensée, comme on dit chez les Topinamboux.

MARGUERITE. Ah! (Elle se penche collée au balcon de pierre.)

CADENET. Quelles chimères?

BERNARD. Assez!

CADENET. Tu vois bien que tu es amoureux.

BERNARD. Eh bien, soit. Mais de qui?

CADENET. Oui, de qui?

BERNARD. Vois-tu, il y a des rêves qui demeurent admirables, merveilleux, tant qu'ils sont enfermés là, et qui ne se traduisent que mesquins, absurdes, ridicules... parce qu'ils sont impossibles à réaliser.

CADENET. Enfin! voyons; ton rêve, ce n'est pas la reine, après tout?

BERNARD. Ce n'en est peut-être pas si loin! (Marguerite se relève précipitamment.)

CADENET. Comment, scélérat, tu aimes à la cour, et tu n'as fait qu'y montrer le nez!...

BERNARD. Oh! comme il faut que je me marie vite! Si tu savais! quand la flamme de ces yeux-là vient brûler dans mon souvenir!... Vois-tu bien! je deviendrais ambitieux... j'irais faire la belle jambe au Louvre, comme vous autres; je vendrais mes terres pour acheter le droit de couper le pain ou de remplir le gobelet de la régente; je serais commun, bête et malheureux comme vous tous, rien que pour revoir cette figure, rien que pour sentir encore cette main sur mon épaule, rien que pour entendre cette voix me dire : Mais partez donc! (Marguerite s'adosse pâle et les yeux fermés au pilier garni de lierres.)

SCÈNE X

LES MÊMES, DU BOURDET, ouvrant doucement la porte tout au fond, celle de sa chambre; il apporte des fruits, un flacon qu'il dépose sur une console.

DU BOURDET. C'est moi, du Bourdet! (Marguerite court à lui toute troublée.) Ah! comme vous êtes pâle!...

MARGUERITE. Cher monsieur du Bourdet, que vous êtes bon de songer ainsi à moi!...

DU BOURDET, voyant la porte de la terrasse ouverte. Elle a la fièvre... Ah! vous avez eu trop chaud!

MARGUERITE. Parce que je suis sortie sur la terrasse? j'avais besoin d'air!...

DU BOURDET. Je ferais peut-être bien de confier à mon fils Bernard que vous êtes ici!...

MARGUERITE. Oh! monsieur, jurez-moi que vous n'en ferez rien avant mon départ!

LA MAISON DU BAIGNEUR

DU BOURDET. Bien ! bien ! ce sera d'ailleurs plus sage... Ne frappe-t-on pas à ma porte ? (On frappe.) Enfant maudit !

AUBIN, de la maison. Mon oncle vous appelle !

DU BOURDET. J'y vais, petite harpie !

MARGUERITE. Quittez-moi, je trouble tout dans cette maison.

DU BOURDET. Je remonterai vous chercher sitôt que j'aurai pu éloigner tout le monde. A propos... Lafougeraie est très-bien, j'ai de ses nouvelles... Ce soir, je vous conduirai au bateau dans lequel il vous attendra. J'ai déjà envoyé vos chevaux de l'autre côté de la rivière.

MARGUERITE. Merci, à ce soir !...

DU BOURDET. Prenez garde, en face de cette porte, sur le palier, est la chambre de Bernard. (Il sort.)

SCÈNE XI

MARGUERITE, seule. Voilà donc ce que fait de moi la destinée !... Quelque jour, cet Espagnol avide et méchant, mon mari, me tuera, pour épouser mademoiselle de Verneuil qui est si riche !... Et cependant, je pouvais, si Dieu l'eût permis, rencontrer sur ma route ces riantes figures, reflets purs des cœurs les plus généreux. Ce petit domaine eût été à moi... Ce digne du Bourdet qui me plaît au point que je l'embrasserais toujours, ce serait mon père... j'appellerais frère cet enfant blond qui a dormi sur mon sein... Ce soir, Bernard, mon mari, se promènerait avec moi le long de ces fontaines où baignent les nénuphars, les asphodèles... Oh ! ce soir je serai partie, et jamais je ne reviendrai !... (Elle pleure.)

SCÈNE XII

DU BOURDET, CADENET, AUBIN, MARGUERITE, en haut. BERNARD.

DU BOURDET, en bas. Le frère est arrivé... bon. Nous signerons tout de suite... Passez au moins votre habit neuf, Bernard, c'est de rigueur.

BERNARD. Vous croyez ?

DU BOURDET. Parbleu ! (Bernard va sortir.)

CADENET, accourant. Un moment, sa femme veut lui parler.

MARGUERITE. Sa femme !...

CADENET. J'en raffole, moi, elle est divine.

MARGUERITE. Voyons-la donc, cette divine... voyons-la, sa femme. (Regardant Sylvie qui s'approche souriante de Bernard.) Sylvie des Noyers, ma compagne de couvent ! La fugitive de Boissise. Quoi ! cette fille deviendrait la femme de Bernard !... Non, non ! je ne laisserai pas s'accomplir le malheur de ce jeune homme, je ne souffrirai pas cette honte dans la maison qui me donne l'hospitalité ! (Présentation de Sylvie aux convives et salutations réciproques.) Il faut que je prévienne M. du Bourdet ! mais comment ? où ? que faire ? Ah ! mon Dieu ! Bernard va monter à sa chambre... une fois redescendu, il signe et ce sera fini ! (Elle arrache une feuille de ses tablettes et écrit, puis elle ouvre la porte qui donne sur l'escalier, va glisser le billet sous la porte de Bernard, rentre, s'enferme et disparaît dans sa chambre ; Bernard pendant ce temps monte l'escalier.)

SCÈNE XIII

PONTIS, MADAME DES NOYERS, SYLVIE, AUBIN, MARCELLE, CADENET, DU BOURDET, NOTAIRES, INVITÉS, puis BERNARD.

MADAME DES NOYERS, à Pontis. Mon neveu ne demande qu'un moment pour aller quitter son habit de voyage. Vous allez voir un brave garçon, un peu soudard, mais, à tout péché miséricorde, n'est-ce pas ?

PONTIS. Certainement.

DU BOURDET, entre les deux notaires. Il y a cinquante-six à cinquante-sept arpents !...

CADENET, à Sylvie. Bernard vous manque, belle Sylvie ! Ah ! le voici.

BERNARD, troublé, roulant dans ses doigts le billet de Marguerite, traverse les groupes sans rien chercher ni voir que du Bourdet ; il le trouve entre les deux notaires, et l'appelle bas. Monsieur !

DU BOURDET. Eh ! vous êtes tout singulier ?...

BERNARD. Regardez un peu ceci, s'il vous plaît.

DU BOURDET. Regardons ! (Lisant.) « Au nom de votre mère irréprochable, n'épousez pas Sylvie, sans montrer ceci à votre père. » Ah ! mon Dieu !...

BERNARD. On nous regarde beaucoup.

DU BOURDET. D'où cela vous est-il tombé ?

BERNARD. Je l'ai trouvé dans ma chambre, à terre.

SYLVIE, à part. Bernard est bien ému !

PONTIS, à part. Il se passe quelque chose !

DU BOURDET, se frappant le front. Ce ne peut être qu'elle !

BERNARD. Plaît-il ?

DU BOURDET. Rien ! demeurez.

BERNARD. Et vous ?

DU BOURDET. Moi, je monte là-haut, j'ai à consulter quelques lettres dont l'écriture me rappelle celle-ci... Attendez-moi, pas un mot.

BERNARD. Soyez tranquille !... (Du Bourdet sort en chantonnant avec affectation.)

PONTIS, à Bernard. Vous avez fait une entrée lugubre, mon neveu. Auriez-vous de mauvaises nouvelles ?...

BERNARD, souriant. Mon père vous contera cela ! (Pontis s'éloigne.)

AUBIN. Qui vous inquiète, mon frère ?

BERNARD. Ce qui pourrait m'inquiéter, c'est ta figure ?...

AUBIN, bas. C'est qu'il se passe d'étranges choses dans la maison !...

BERNARD. Quoi donc ?

AUBIN. On dit que chaque fois qu'une ombre revient sur terre, c'est pour annoncer un malheur à ceux qu'elle aimait de son vivant, et une ombre est revenue ici.

BERNARD. Es-tu fou !

AUBIN, mystérieux. J'ai vu l'ombre de notre mère, sous la porte de sa chambre. Oh ! que j'ai peur !...

BERNARD, l'embrassant. Comme je te gronderais, si je ne t'aimais pas tant. Une mère ne revient pas pour effrayer son fils... et puis, il n'y a pas d'ombres !

MADAME DES NOYERS. Mon neveu ! Enfin, arrivez donc !

SCÈNE XIV

LES MÊMES, HUGUES.

MADAME DES NOYERS, à Bernard. Mon neveu, le baron des Noyers !

BERNARD, gracieusement. Monsieur...

AUBIN. Mon oncle, c'est le capitaine Hugues ! (Il court se réfugier dans les bras de Pontis.)

HUGUES. Oui !

AUBIN. Le prévôt qui a blessé ce pauvre homme, et qui a voulu me battre !

HUGUES. Diantre !

AUBIN. Au secours !

MADAME DES NOYERS. Quoi donc ?...

SYLVIE. Mon frère !

HUGUES. Rien ! c'est l'enfant qu'on avait accusé d'insulter le maréchal...

PONTIS. Et c'est vous qui vouliez fouetter l'enfant ?

SYLVIE. Oh ! mon frère est incapable...

MADAME DES NOYERS. Assurément !

HUGUES. Quelle folie !

BERNARD. En effet, mon petit Aubin...

SCÈNE XV

LES MÊMES, DU BOURDET.

DU BOURDET, effaré. Oh ! comment en finir avec ces gens-là... (Apercevant Hugues qui s'avance en souriant.) Lui ! vous ! (A madame des Noyers.) C'est votre neveu ! Eh bien ! voilà qui m'achève... *Finis coronat opus !*

HUGUES. Oh ! c'est une misère.

MADAME DES NOYERS. Il me semble que mon neveu répare suffisamment ses torts.

DU BOURDET. Vous appelez cela des torts ! vous êtes modeste.. Être fouetté ! je voudrais bien savoir comment vous auriez pris la chose, si mademoiselle Sylvie eût été à la place d'Aubin ?...

MADAME DES NOYERS. Monsieur, c'est inconvenant.

DU BOURDET. Inconvenant ? vous n'êtes pas polie !

MADAME DES NOYERS. Je défends mon neveu.

DU BOURDET. Et moi mon fils... Votre neveu est assez grand pour se défendre !...

SYLVIE. La, la, mon frère !

HUGUES. Je suis calme.

SYLVIE. Ma tante !

MADAME DES NOYERS. Taisez-vous, petite sotte.

BERNARD, à Pontis. Mon beau-père est comme je ne l'ai jamais vu.

PONTIS, bas à du Bourdet. Je vous avertis que si vous tenez à ce mariage, vous allez le faire manquer.

DU BOURDET. Je veux parbleu bien qu'il manque !

PONTIS, bas. Il fallait donc le dire... Eh bien, attendez ! (Haut, et s'approchant des des Noyers.) Le fait est que marier deux jeunes gens dont les familles s'exècrent.

SYLVIE. Comment, personne ne s'exècre...

HUGUES, souriant. Moi, j'aime tout le monde.

PONTIS, à part. Celui-là y tient.

DU BOURDET. Jamais Aubin ne pourra vous voir.

SYLVIE. Nous le convertirons.

DU BOURDET. Et moi, j'ai involontairement une mauvaise disposition...

HUGUES. Cela passera !

MADAME DES NOYERS. Mon neveu, vous manquez de dignité.

SYLVIE. M. du Bourdet ne parle pas comme il pense.

HUGUES. Ou plutôt il pense quelque chose qu'il ne nous dit pas.

DU BOURDET, *s'avançant.* Peut-être.

MADAME DES NOYERS, *furieuse.* Et que pensez-vous ?

PONTIS, *arrêtant du Bourdet par un signe.* Mais en vérité, nous avons l'air de nous quereller au lieu de nous expliquer à l'amiable.

SYLVIE. Oui, monsieur ; oui, ma tante ; oui ! Laissons ces messieurs s'expliquer.

MADAME DES NOYERS. Viens, Sylvie ! partons !... *(Elle sort.)*

SYLVIE. M. Bernard nous accompagnera ?

PONTIS. Permettez !

CADENET, *à du Bourdet.* Ce sera moi, je vais arranger l'affaire.

DU BOURDET, *bas.* Je vous le défends.

CADENET, *à qui Pontis et Bernard ont fait même signe et même défense.* Il y a autre chose sous jeu ! *(Il sort avec les dames.)*

PONTIS, *à Bernard, qui marche droit à Hugues.* Vous, par ici avec Aubin. *(Bernard résiste.)* Allez, allez !... *(Bernard sort à gauche derrière la maison.)*

SCÈNE XVI
PONTIS, DU BOURDET, HUGUES.

HUGUES. Et vous laissez partir le seul qui devrait me répondre ?

DU BOURDET. Je suffirai.

HUGUES. Vous reculez devant ce mariage.

DU BOURDET. C'est vrai !

HUGUES. Et vous cherchez des défaites, parce que vous n'avez pas de bonnes raisons !

DU BOURDET. Je n'en ai qu'une... la voici... votre sœur a été élevée aux Feuillantines de...

HUGUES. Après ?

DU BOURDET. Ne savez-vous pas ce qui est arrivé à une pensionnaire de ce couvent ?

PONTIS, *à lui-même.* Tiens, tiens, tiens ! comme toujours.

HUGUES. Dites ?

DU BOURDET. Cette pensionnaire a disparu trois jours de son couvent... Ne sauriez-vous nous dire ce qu'elle est devenue pendant ces trois jours ?

HUGUES. Voilà une question...

DU BOURDET. Le comte de Siete-Iglesias passe pour en savoir plus que personne à cet égard.

HUGUES. Je le prouverai...

DU BOURDET. Vous ne prouverez rien du tout.

HUGUES. L'honneur de ma sœur sera vengé dans le sang de ceux qui la calomnient.

PONTIS, *s'approchant.* Un moment... Vous en dites trop long, monsieur, et tout ce que vous dites sent trop son matamore... Je suis soldat et n'aime pas les menaces. S'il vous faut absolument du sang, comme vous dites, me voici ; on m'appelle Pontis !...

HUGUES, *reculant.* Le chevalier de Pontis !...

DU BOURDET, *à lui-même.* Une main malheureuse.

PONTIS. Faites une retraite honorable, nous ne dirons rien à votre tante, rien à mademoiselle Sylvie... Mettons cette rupture sur votre compte.

HUGUES. Mais poursuivrez-vous l'avenir de Sylvie pour cette faute ?...

DU BOURDET. Bernard ne saura jamais la vérité, ni Cadenet, ni personne.

HUGUES. Le nom du dénonciateur ?

PONTIS. Oh ! ces choses-là ne s'avouent jamais... on est trop heureux de savoir ! Allez donc, monsieur, et arrangez toutes vos petites affaires en famille. *(Hugues sort.)*

SCÈNE XVII
PONTIS, DU BOURDET.

DU BOURDET. Hélas ! hélas !

PONTIS. Les femmes sont-elles scélérates ! où diable avez-vous appris toutes ces belles choses ? tout à l'heure, vous ne les saviez pas ?

DU BOURDET, *montrant le premier étage.* Là !

PONTIS. De qui ?

DU BOURDET. D'une ancienne feuillantine, compagne de Sylvie. La comtesse de Siete-Iglesias.

PONTIS. Elle est ici ?

DU BOURDET. Oui.

PONTIS. Cachée ?

DU BOURDET. C'est elle qui a fait évader M. de Vendôme.

PONTIS, *incrédule.* Elle est à la reine mère.

DU BOURDET. C'est elle, vous dis-je ! avec Lafougeraie que j'ai envoyé dans l'île jusqu'à ce soir.

PONTIS. Et vous ne me dites pas cela ?

DU BOURDET. Vous m'effrayez !...

PONTIS. Si par malheur on découvrait que vous avez trempé dans l'évasion du prince, si l'on rapprochait de cette évasion ma présence ici, ce serait fait de moi, voyez-vous.

DU BOURDET. Vous perdriez votre lieutenance, c'est vrai !...

PONTIS. Mon frère, il ne s'agit ici ni de ma lieutenance, ni d'aucun autre misérable intérêt. Sachez seulement que je ne m'appartiens pas... sachez qu'une imprudence de ma part serait pire qu'une trahison ! Ma destinée, mon frère, est liée à de grands événements... Commandez mes chevaux, dans une heure je serai loin d'ici !...

DU BOURDET, *à part.* Lui aussi a un secret.

SCÈNE XVIII
LES MÊMES, BERNARD.

BERNARD, *empressé.* Voilà tout le monde parti, vous allez me dire...

PONTIS. Rassurez-vous... votre mariage est aussi manqué que possible.

DU BOURDET. Aussi manqué que possible ! *(Ils sortent.)*

SCÈNE XIX
BERNARD seul, puis MARGUERITE.

BERNARD. Je sais bien qu'il est manqué, mais qui l'a fait manquer ? c'est ce que je vais savoir. *(Il court vers la maison ; pendant ce temps Marguerite a rouvert sa chambre et s'est approchée du balcon.)*

MARGUERITE. Pauvre Sylvie ! ils se sont tous dispersés. Étais-je donc destinée à n'apporter ici que la confusion et le malheur !... *(Bernard, qui est entré par la porte de du Bourdet, s'arrête sur le seuil en apercevant Marguerite.)*

BERNARD. Une femme ! *(Marguerite se retourne au bruit.)*

MARGUERITE. Lui ! Monsieur, voilà une action indigne d'un honnête homme. Vous violez mon secret, vous violez l'hospitalité !...

BERNARD, *en extase.* Madame, c'était donc vous ?

MARGUERITE. Suis-je assez malheureuse ! je n'ai pas même le droit de lui dire : Sortez !...

BERNARD. Oh ! je vous en supplie, acceptez le serment que je vous fais. J'ignorais que vous fussiez ici... Oui, c'est un crime d'avoir pénétré dans cette chambre... mais, s'il fallait ma vie pour l'expier, je vous la donnerais à l'instant.

MARGUERITE. Je n'ai besoin que de votre silence ! Partez !...

BERNARD. Inviolable ! éternel... Pardonnez-moi !...

MARGUERITE. Oh ! monsieur, par grâce !...

BERNARD. Oui, madame, oui, je pars ! mais en remerciant Dieu de m'envoyer tant de joie dans cette chambre où j'avais tant pleuré ma mère ! Adieu ! adieu ! *(Il s'enfuit.)*

MARGUERITE. Adieu !... *(Elle referme précipitamment la porte et rentre.)*

SCÈNE XX
AUBIN, PONTIS, DU BOURDET.

AUBIN, *appelant.* Mon frère ! voilà mon oncle qui part.

BERNARD, *entrant.* Mon oncle part, dis-tu ?

DU BOURDET, *entrant avec Pontis.* Hélas, oui !...

BERNARD. Si tôt !

PONTIS. Il m'arrive des dépêches qui me rappellent.

BERNARD. Ah !

DU BOURDET, *bas.* Débarrassons-nous d'eux une heure ! le temps de faire évader ma prisonnière.

PONTIS. Très-bien ! *(Haut.)* Ne me fait-on pas la conduite ?...

BERNARD. Je cours seller mon cheval.

AUBIN. J'en suis.

DU BOURDET, *à Aubin.* Les soirées sont trop fraîches, vous resterez avec moi.

AUBIN. Jamais ce que j'aime !... *(Il sort en boudant.)*

PONTIS. Il faut donc nous dire adieu... Comme vous voilà défait et triste !...

DU BOURDET. C'est qu'il y a ici un pauvre cœur tout gros de douleurs, de misères, et qu'il me semblait, en m'appuyant sur votre bras, que je n'avais plus rien à redouter au monde.

PONTIS. Voilà un langage qui m'inquiète, expliquez-vous... fraternellement.

DU BOURDET, *étouffant.* Non, non, je n'ai rien que le chagrin de vous voir partir.

SCÈNE XXI
LES MÊMES, BERNARD, AUBIN.

BERNARD. Tout est prêt, à vos ordres, mon oncle. *(Il regarde avidement le premier étage de la maison.)*

PONTIS, *embrassant Aubin*. A bientôt, mon enfant... (à part) Du Bourdet a quelque chose. (*Il quitte Aubin qui pleure.*)

DU BOURDET. Eh bien donc, adieu!...

PONTIS, *l'embrassant*. Au revoir.

DU BOURDET. Adieu! adieu!... (*Pontis, très-attendri, très-perplexe, fait quelques pas pour revenir à du Bourdet. Tout à coup, il s'arrête, retourne et part avec Bernard, qu'il a, d'un geste arraché à sa rêverie. La nuit est venue.*)

SCÈNE XXII
DU BOURDET, AUBIN, LE BAILLI.

DU BOURDET. Je ne serai pas tranquille que la comtesse ne soit sortie d'ici!.. (*Un homme s'est approché, conduit par Marcelle qui lui indique du Bourdet.*)

LE BAILLI, *bas*. Monsieur du Bourdet.

DU BOURDET. C'est moi, que me voulez-vous?

LE BAILLI. Vous ne me reconnaissez pas?...

DU BOURDET. Le bailli du palais!...

LE BAILLI. Oui.

DU BOURDET. Marcelle, conduis cet enfant à sa chambre. Va, mon enfant, va. (*Aubin sort, le bailli tire de la coiffe de son chapeau un billet qu'il donne à du Bourdet.*) Du président? (*Signe du bailli; il lit.*) « Mon ami, l'heure est venue plus tôt que je ne croyais... l'heure de la punition des coupables. Je réclame votre témoignage... Dieu vous soutienne... je vous attends! » — L'épreuve est douloureuse!

LE BAILLI. Que répondrai-je à monseigneur?

DU BOURDET. J'ai promis... j'irai... Mais le premier moment est dur... J'étais très-heureux ici... Est-ce qu'il faut partir sur-le-champ?...

LE BAILLI. Non, monsieur, non... à nous deux nous ne passerions pas... la campagne est trop bien gardée... Ne vous mettez en route qu'au point du jour. Seulement, indiquez-moi le plus court chemin pour regagner Verneau, où j'ai laissé mon cheval.

DU BOURDET. Je vais vous montrer la route!... (*Il la lui indique au fond.*)

LE BAILLI. Cette nuit, veillez bien sur vous! (*Il sort.*)

CINQUIÈME TABLEAU

La chambre de du Bourdet aux Bordes. — Porte-fenêtre au fond; cheminée, porte à droite; porte à gauche. — A droite, grand mur qui descend à pic et coupe en deux la moitié du théâtre. — Au fond, paysage de la campagne des Bordes; bois, prairie, rivière, éclairée par une lune obscurcie.

SCÈNE PREMIÈRE

AUBIN, *endormi sur un fauteuil*, DU BOURDET, *entrant un flambeau à la main*, MARGUERITE, *puis* L'INCONNU, SOLDATS.

DU BOURDET. Attends pour te coucher, Marcelle, que M. Bernard et M. de Cadenet soient rentrés. (*Il pose sa bougie sur la cheminée et s'approche de la fenêtre.*) Le bailli doit être déjà loin... (*Il relit la lettre du président avec un soupir et la jette dans la cheminée où elle se consume.*) Ceci ne pouvait rester entre mes mains. J'ai des enfants, moi, pour lesquels il faut que je me conserve... (*Se retournant vers Aubin endormi.*) Il dort!... heureux, souriant... il n'aura pas voulu se coucher sans m'avoir revu... Qu'il est beau!... qu'il est doux!... oh! si Dieu me condamnait jamais à quitter tous les biens qu'il m'a prodigués dans ce monde, je ne lui reprocherais qu'une chose, c'est de m'avoir montré un tel trésor de joie, pour m'en séparer sans pitié!... (*Après un silence.*) Je partirai demain. Combien va durer ce voyage?.. Je ne puis emmener Aubin... que deviendra-t-il ici pendant mon absence!... Je sais bien que Bernard veillera sur lui, mais Bernard ne sera-t-il pas lui-même attiré, englouti avec moi dans le tourbillon!... Où vais-je!... où m'arrêterai-je?... misérable ver de terre qu'on envoie combattre ces géants, un duc, un maréchal, une reine!... (*Avec déchirement.*) Ah! j'étais trop heureux! (*Silence.*) Il est temps d'aller délivrer la comtesse et Lafougeraie... allons!... (*Au moment où il se dirige vers la chambre de la comtesse, il s'arrête tout à coup.*) Qu'ai-je entendu?... voilà un bruit bizarre... vient-il de la fenêtre ou de l'escalier, ou du jardin?... (*Une vitre de la fenêtre éclate; une main passe au travers, ouvre l'espagnolette et du Bourdet recule devant un homme qui pénètre silencieusement dans la chambre et va ouvrir la porte du fond par laquelle entrent aussi trois hommes qui occupent le seuil et le vestibule. On entend dans l'escalier un bruit de pas et d'armes.*)

DU BOURDET. Je fais un rêve affreux.

AUBIN, *réveillé*. Quoi donc...

DU BOURDET. Rien... (*Il lui applique une main sur la bouche et souffle la bougie. La porte de la chambre de Marguerite s'ouvre. On voit sa tête effrayée s'avancer dans l'ombre.*)

MARGUERITE. Entendez-vous, monsieur? la maison est envahie... sommes-nous découverts?... (*Un bruit plus accentué éclate*

Du Bourdet, plein de terreur, saisit Aubin et le jette dans la chambre de la comtesse.)

DU BOURDET. Sitôt qu'il y aura danger pour vous, réfugiez-vous à l'étage supérieur...

MARGUERITE. Oui!... (*Du Bourdet s'adosse à la porte qu'il ferme de son corps. Pendant ce temps est entré un homme couvert d'une cuirasse qu'on devine sous son manteau, la visière de son casque est grillée.*)

L'INCONNU, *à ses gens*. Allumez un flambeau!... (*L'un d'eux découvre une lanterne sourde à laquelle le flambeau est allumé.*)

DU BOURDET. Que me veut-on? (*Sur le signe de l'inconnu, l'un de ses soldats s'approche de du Bourdet.*)

LE SOLDAT. Nous sommes délégués par le roi pour chercher le duc de Vendôme.

DU BOURDET. Il n'est pas ici... je jure qu'il n'y est pas entré.

L'INCONNU. C'est possible... (*Il fait signe à ses gens qui s'éloignent un peu.*) Je vais achever d'interroger monsieur... (*Tout le monde sort. Du Bourdet, resté seul avec cet inconnu bienveillant, respire.*)

SCÈNE II
DU BOURDET, L'INCONNU.

L'INCONNU, *à demi-voix*. Il ne s'agit pas de M. de Vendôme. Où est l'homme qui est venu tout à l'heure?...

DU BOURDET. Mais...

L'INCONNU. De la part du président!

DU BOURDET. Monsieur...

L'INCONNU. Il vous apportait une lettre, donnez-la-moi.

DU BOURDET. Je l'ai brûlée... en voici les débris dans la cheminée...

L'INCONNU. Cette lettre vous appelait à Paris; avez-vous le projet d'y aller?...

DU BOURDET. Je ne sais pas...

L'INCONNU. Prenez garde de mentir...

DU BOURDET. Mais enfin!... qui êtes-vous donc pour me questionner ainsi?...

L'INCONNU. Je suis un homme qui veut que vous n'alliez pas à Paris... que vous ne rendiez pas le témoignage qu'on vous demande et qui vous récompensera si vous cédez, ou vous punira, si vous entrez en lutte.

DU BOURDET. Je ne dois compte à personne de ma conscience.

L'INCONNU. Il est une puissance avec laquelle on compte toujours... C'est la mort!... vous êtes un homme mort, si vous allez retrouver M. de Harlay!... M'obéirez-vous?...

DU BOURDET. Dieu me le défend!...

L'INCONNU, *élevant la voix*. Il vous commande donc de mourir!... (*Un cri part de la chambre voisine.*) On nous écoutait!... il y avait là quelqu'un.

DU BOURDET. Mon fils, monsieur, un enfant!...

L'INCONNU. Voyons!...

DU BOURDET, *entrant dans la chambre*. Viens, mon ami, viens!... (*Rentrant.*) Ils sont partis...

L'INCONNU, *entrant et ressortant à son tour*. Mais il n'y a personne... je comprends!... Ceux qui se cachaient là, ont entendu, et fuient... Malheur!...

DU BOURDET, *s'opposant à son passage*. Vous n'allez pas faire de mal à une femme et à un enfant!

L'INCONNU, *appelant par la fenêtre*. A moi!... les complices de M. de Vendôme sont dans cette maison! rébellion... rébellion au roi!... (*Les soldats accourent.*)

DU BOURDET. Monsieur...

L'INCONNU. Tout ce qui résistera... tout ce qui essayera de fuir... tuez... brûlez... (*Les soldats se précipitent par toutes les issues dans la maison.*)

DU BOURDET, *à l'inconnu*. Bourreau!... tu mens à la face du ciel!... Est-ce mon pauvre enfant de douze ans qui se révolte contre le roi?...

L'INCONNU, *levant un pistolet à la hauteur du cœur de du Bourdet*. Iras-tu à Paris?... oui, ou non!...

DU BOURDET. Je répondrais, si je voyais mon fils!... (*Explosion de coups de feu dehors.*) On nous le tue!... Marcelle!... au meurtre!... on l'a tué!...

L'INCONNU. Parle!

DU BOURDET. Tue-moi donc aussi!... lâche! au lieu de me faire souffrir!...

L'INCONNU. Veux-tu répondre?...

DU BOURDET. Je ne répondrai qu'à Dieu!...

L'INCONNU. Eh bien, réponds-lui... (*Il fait feu sur du Bourdet qui chancelle et tombe; on voit, à droite, Marguerite suspendue par les mains à ses rideaux dont elle a fait un câble, glisser le long du mur dans le vide, avec Aubin blessé. Ils disparaissent tous deux.*)

DU BOURDET, *se relevant par degrés*. Oh! un enfant innocent!... un vieillard sans défense... tu n'es pas un soldat!... Je comprends, tu avais peur de mon témoignage... tu es l'un des assassins du roi!... Eh bien, je meurs!... Mais Dieu t'a vu et te reconnaît sous ton masque!... nous serons vengés, mon petit Aubin!... (*Il retombe et meurt.*)

L'INCONNU, se penchant sur le cadavre. Mort... Harlay!... appelle ton témoin!... (Il sort, le feu commence à dévorer la maison, les meurtriers s'enfuient dans toutes les directions.)

SCÈNE III
BERNARD, CADENET.

BERNARD, dans l'escalier à gauche. Mon père... me voici... courage!... où êtes-vous?... (Il pénètre dans la chambre embrasée et vient se heurter au cadavre de du Bourdet.) Mort!... (Appelant en délire.) Aubin!... mon frère!...

CADENET, qui a voulu monter, mais que l'incendie arrête. Rien!... rien!...

BERNARD. Lui aussi!... et elle?... ah!... (étouffant) ah!... (Il veut s'élancer dans la flamme, Cadenet l'arrête et le retient dans ses bras; l'incendie éclate dans la maison.)

ACTE TROISIÈME
SIXIÈME TABLEAU

Une salle basse dans la maison de la Vienne. — Table de quatre couverts richement servie. — Portes à gauche, au fond, et à droite; celle de droite, masquée par d'épaisses tapisseries.

SCÈNE PREMIÈRE
LA VIENNE, SES GENS, puis CADENET.

LA VIENNE. 'Qu'on se distingue aux fourneaux! qu'on se distingue à l'office! je soupe chez moi.

CADENET, entrant. Lucullus chez Lucullus.

LA VIENNE. Eh! bonsoir, cher monsieur Cadenet.

CADENET. Bonsoir, mon gros la Vienne, j'ai reçu ton invitation, hier; je voulais te remercier, mais tu n'y étais pas depuis huit jours, impossible de te rencontrer; où étais-tu donc?

LA VIENNE. J'ai fait une petite absence.

CADENET. Comme te voilà mystérieux? Est-ce que c'est notre couvert qu'on met ici, dans cette salle? je ne la connaissais pas... Pourquoi nous fais-tu dîner ici?

LA VIENNE. Je vous fais dîner ici, parce que telle est la volonté de la personne avec qui je vous fais dîner...

CADENET. Il y a une personne?

LA VIENNE, se frottant les mains. Il y a ma femme.

CADENET. Tu es marié?

LA VIENNE. Parfaitement.

CADENET. Depuis quand?

LA VIENNE. Depuis huit jours, chut!

CADENET. Tu caches ta femme?

LA VIENNE. Cache-t-on jamais assez les diamants, les topazes et les perles?

CADENET. Voilà une femme précieuse; où as-tu trouvé cela?

LA VIENNE, se frottant les mains. Aux Feuillantines de Boisseau.

CADENET, bondissant. Hein?

LA VIENNE. Là quand on a nommé mademoiselle Sylvie...

CADENET. Sylvie!

LA VIENNE. On a tout dit.

UN GARÇON, entrant. Monsieur, voilà madame.

LA VIENNE, à Cadenet. Vous permettez. (Il sort.)

SCÈNE II

CADENET, seul. Sylvie mariée en un mois! Eh bien, elle n'a pas perdu de temps.

SCÈNE III
CADENET, LA VIENNE, HUGUES, SYLVIE.

LA VIENNE, dans le vestibule. Cher beau-frère, passez donc.

CADENET. Le frère aussi, rien n'y manque.

HUGUES. Je me sens un appétit.

LA VIENNE, amenant Sylvie. Entrez, ma perle.

CADENET, s'adossant à la muraille. Si la muraille était en terre glaise et que je pusse la traverser d'un coup d'épaule!

HUGUES, qui a pris une olive et la savoure. Voilà des olives farcies!... (Il se retourne, aperçoit Cadenet sans le reconnaître; gracieusement.) Monsieur... (le reconnaissant) ah!...

CADENET, bas. Me prenez-vous pour un croquant? prévenez-la.

LA VIENNE, à Sylvie qu'il a aidée à se débarrasser de son capuchon et de sa mante. Une surprise! il faut que je vous présente...

HUGUES, à Sylvie, bas. Attention!

LA VIENNE. M. de Cadenet.

SYLVIE, saisie. Ah!

LA VIENNE. La fleur de la courtoisie française, qui me fait l'honneur d'être de mes amis. (Cadenet salue jusqu'à terre.) Est-elle rouge! Trouvez-moi donc des Parisiennes qui rougissent comme cette mariée-là.

HUGUES, vivement. Plaçons-nous, beau-frère, plaçons-nous.

(Cadenet est placé à table à côté de Sylvie; on a servi; ils se placent: Hugues, la Vienne, Sylvie, Cadenet.)

CADENET. Savez-vous, mon cher la Vienne, que vous êtes un mortel fortuné, comme dit M. Malherbe; femme adorable, frère charmant.

LA VIENNE. Oui; mais nous perdons une tante trop rigide que ma profession de baigneur a effarouchée... Heureusement que le capitaine a tout pris sur lui... il m'avait jugé... C'est un trésor, m'a-t-il dit, je vous le donne. (Attendri.) Ah! mon frère. (Il embrasse Hugues.)

CADENET. Mon Dieu! que je suis mal à mon aise.

LA VIENNE. C'est qu'il me fallait une femme exprès pour moi... quelque chose d'inconnu, de vaporeux sans être fade, la candeur provinciale comme fond avec des broderies parisiennes dessus.

SYLVIE, au supplice. Monsieur!

HUGUES. Ah! beau-frère.

LA VIENNE, à Sylvie. Et modeste!... oui, oui... (A Cadenet.) Parlons un peu, cher monsieur de Cadenet, de votre malade, du blessé...

CADENET, à part. Allons, bien!...

SYLVIE. Un malade!

HUGUES. Un blessé!

LA VIENNE, mystérieux. Coup d'épée. (A Cadenet qui lui fait signe.) Quoi!... que je me taise; est-ce que nous ne sommes pas en famille? Ce n'est pas ma femme ni mon beau-frère qui iront trahir votre ami.

SYLVIE, à elle-même. Son ami!

HUGUES. Blessé en duel... les édits sont rigoureux! Est-il bien caché?

LA VIENNE. Parbleu, il est ici.

CADENET. Bon!

SYLVIE. Ici?

LA VIENNE. A l'entre-sol (montrant Cadenet), dans sa chambre, il l'a amené de la campagne voilà un mois. Oh! personne ne s'en doute; c'est ici la maison de... aidez-moi donc.

CADENET. C'est votre maison.

LA VIENNE. Non... le silence... le Dieu du silence... un Grec... madame la Vienne?...

SYLVIE. Harpocrate, monsieur.

LA VIENNE, à Cadenet. Hein, les Feuillantines! (Sylvie se lève brusquement.)

CADENET, à lui-même. Diantre soit du bavard!

LA VIENNE. Que cherchez-vous, mignonne?

HUGUES. Qu'avez-vous, petite sœur?

SYLVIE. Ces lumières, ce feu... j'étouffe ici.

LA VIENNE. Souhaitez-vous que je vous reconduise à votre appartement?...

SYLVIE. Merci... Au revoir, messieurs. (Elle sort reconduite par la Vienne.)

SCÈNE IV
HUGUES, CADENET, puis LA VIENNE.

HUGUES. Vous comprenez, monsieur, après l'affront des Bordes, il fallait réhabiliter ma sœur... la Vienne s'est trouvé là...

CADENET. Comme l'occasion.

HUGUES. Mon Dieu, oui; nous l'avons saisi.

CADENET, lui serrant la main. Pourquoi se trouvait-il là?

LA VIENNE, entrant. A la bonne heure, voilà la connaissance faite.

CADENET. Je m'en félicite. (A lui-même.) Quel guêpier!

HUGUES. Vous demeurez ici, comme moi. Nous ne nous quitterons plus.

CADENET. Certes... (A part.) Je déménage ce soir.

LA VIENNE. Est-ce bon de vivre pour soi... entre soi!... Nous prendrons le vin chaud ici, et, ensuite, quand Sylvie sera revenue, nous profiterons de ce que nous sommes seuls pour installer ma femme dans la maison et lui en montrer toutes les curiosités... Il y en a. (Coup frappé à la porte en bas.)

HUGUES. Quelqu'un?

LA VIENNE. Ne faites pas attention. (Deuxième coup.)

CADENET. Un coup de maître.

LA VIENNE. Il n'y a de maître ici que nous. Fût-ce pour la reine régente, je ne me dérangerais pas. (Coups précipités.)

CADENET. Mais on querelle vos gens, il me semble.

HUGUES. Voilà qui est divertissant!

SCÈNE V
LES MÊMES, SYLVIE, agitée, émue.

SYLVIE. N'entendez-vous pas ces bruits, ces voix?

LA VIENNE. Je voudrais bien voir!...

SYLVIE, bas à Hugues. M. de Siete-Iglesias!

HUGUES, de même. Ah!

CADENET, regardant. On accourt.

LA VIENNE. Nous sommes chez nous, je suppose.

SYLVIE, à la Vienne. Faites respecter mon appartement. (La Vienne court vers la porte.)

CADENET. Il est trop tard.

SCÈNE VI

LES MÊMES, SIETE-IGLESIAS, écartant les gens de la Vienne.

SIETE-IGLESIAS. Comment! la Vienne n'est pas au logis? le voilà.

LA VIENNE. Monsieur le comte!...

SIETE-IGLESIAS. Quoi! tu fais la sourde oreille, quand madame la maréchale d'Ancre t'attend pour lui préparer à souper?...

LA VIENNE. Je...

SIETE-IGLESIAS. Tu faisais la débauche, je crois. (Mouvement de Hugues et de Sylvie.)

LA VIENNE. Monsieur je soupais avec ma femme.

SIETE-IGLESIAS. Ta femme!... Voyons-la donc cette belle pour qui on fait attendre une maréchale de France... présentez-nous-la... (Sylvie se retourne seule.) C'est... Ah! par exemple! (Il sourit ironiquement, Sylvie regarde le comte avec une telle expression, que celui-ci se trouble et cesse de sourire. Il rencontre aussi le regard de Hugues au bras duquel s'est appuyée Sylvie; il compose alors ses traits et sort en réfléchissant.)

LA VIENNE, un flambeau à la main. Aux ordres de madame la maréchale. Je vous suis, monsieur le comte!

CADENET, qui a observé Sylvie. Quel regard!...

HUGUES, entre ses dents, au comte qui s'éloigne. Je saurai te faire taire, misérable!...

SYLVIE, à Hugues. Pas vous! c'est moi que cela regarde... Oui, la lâche séduction, ma honte, mes remords, le malheur de toute ma vie, voilà ce que j'ai à te faire expier, comte de Siete-Iglesias! Quelque chose me dit que je ne suis venue ici que pour cela! (Elle sort avec Hugues, les valets desservent et emportent la table.)

CADENET. C'est un antre, cette maison! et moi qui y ai amené mon pauvre Bernard comme dans un asile impénétrable!... Le voilà chez Sylvie... chez Hugues, ses mortels ennemis... Allons, allons, il ne faut pas qu'il passe la nuit ici... Dussé-je l'emporter sur mes épaules! (Il va sortir; Sylvie, au fond, paraît sur le seuil de la porte.)

SCÈNE VII

CADENET, SYLVIE.

SYLVIE. Où allez-vous?

CADENET. Je rentrais.

SYLVIE. Chez votre ami Bernard.

CADENET. Je vous assure...

SYLVIE. Je viens de le voir... je ne vous dirai pas comment j'ai fait, mais je l'ai vu.

CADENET. Bernard est perdu...

SYLVIE. Ainsi vous avez peur de moi... vous me jugez assez misérable pour ne pas oser me dire : Madame, vous voilà maîtresse de la maison où je cache votre ennemi... je le confie à votre loyauté!...

CADENET. Votre ennemi, vous l'avouez vous-même.

SYLVIE. M. de Preuil m'a fait une offense que les femmes ne pardonnent guère... Mais je suis mariée aujourd'hui... un peu vite... c'est votre pensée... j'avais hâte de m'ôter à moi-même toute aigreur, tout prétexte de haïr, tout besoin de me venger... Sur qui, d'ailleurs, me vengerais-je ici? Sur un pauvre homme blessé, poursuivi? Oh! vous m'estimez peu sans doute, maisdu moins, ne m'outragez pas!...

CADENET. Apprenez donc la vérité tout entière : Bernard n'est ni poursuivi, ni blessé!

SYLVIE. Je viens de l'apercevoir dans sa chambre, debout, marchant, ou plutôt glissant comme un spectre!

CADENET. Oui, c'est en effet le spectre de Bernard que vous avez aperçu! du malheureux Bernard si vivant, si riant, si florissant, il y a un mois à peine, et qui, maintenant, se débat, non pas contre la mort, ce serait trop heureux... mais contre la folie, contre le délire, contre un tel ouragan de malheurs que mille fois je me suis demandé si la charité ne me commandait pas de le laisser mourir.

SYLVIE. Qu'est-il donc arrivé?

CADENET. Vous refuseriez de me croire! c'est ce matin seulement que Bernard s'est réveillé du sommeil effrayant dans lequel il a vécu un mois enseveli... Le médecin du roi, qui vient chaque soir pour me visiter, je me dis malade, m'a annoncé pour aujourd'hui une crise dans laquelle s'engloutira sans doute cette raison noyée par tant de souvenirs affreux!...

SYLVIE. Je l'ai entendu gémir et murmurer : Ouvrez-moi!...

CADENET. Il heurte à la porte, ce semble!

SYLVIE. Oui!...

CADENET. On va l'entendre!

SYLVIE. Qu'importe, maintenant!

CADENET. Si Bernard était deviné, reconnu par quelque espion de la reine mère, il disparaîtrait pour jamais, dans un cachot de la Bastille.

SYLVIE. Quoi! proscrit?...

CADENET. Proscrit, ruiné, orphelin!

SYLVIE. Ah! mon Dieu!

CADENET. Venez! venez avec moi, venez écouter, apprendre...

SYLVIE. Allons! mais il a ouvert!...

CADENET. Il descend!...

SYLVIE. Allez vite, monsieur, allez, allez, cachons-le ici, chez moi! Oh! l'on a forcé une fois l'entrée de cette chambre, mais je jure qu'on la respectera désormais. (Elle ferme les verrous à gauche, la tenture à droite et s'efface pour le moment où Bernard entre avec Cadenet.)

SCÈNE VIII

CADENET, BERNARD, SYLVIE.

BERNARD, il entre chancelant, étonné, pâle. Voilà une maison étrangère, des meubles que je ne connais pas... je ne suis pas aux Bordes! où suis-je donc?

CADENET. A Paris, chez moi.

BERNARD. Tu m'aimes, Cadenet... tu ne me tromperais pas... je suis plus fort que tu ne penses... (Il s'appuie au dos d'un fauteuil; Cadenet l'assied doucement.) Depuis quand suis-je ici?...

CADENET. Depuis trente-trois jours...

BERNARD. J'étais tombé dans le sang, là-bas; c'est toi qui m'as relevé?

CADENET. Oui!...

BERNARD. Apporté ici?...

CADENET. Oui!...

BERNARD. Mon père est mort, n'est-ce pas?... (Silence.) Bien! et la bonne Marcelle? aussi... Ceux-là je les ai tenus dans mes bras... je les ai bien appelés, bien embrassés!... mais les autres?...

CADENET. De qui veux-tu parler?...

BERNARD. Aubin... celui-là, je n'ai pas touché son corps. Il eût pu se faire que Dieu me l'eût conservé. (Il dévore des yeux Cadenet qui ne répond pas.) Non! je vois que non, pas même celui-là! (Il baisse la tête, sanglotant, Cadenet cache son visage.)

SYLVIE, à part, glacée d'horreur. Affreux!

BERNARD. Où a-t-on trouvé le corps de la pauvre femme?

CADENET. Quelle femme, mon ami?

BERNARD. C'est vrai, tu ne sais pas... il y avait aux Bordes ce jour-là une femme cachée près de mon père, une femme très-belle, charmante, que j'aimais!...

CADENET. Je ne comprends pas?...

BERNARD. Plus tard je t'expliquerai... j'aurais voulu savoir seulement si on avait retrouvé l'enfant et cette femme?...

CADENET. Rien...

SYLVIE, sanglotant. Oh!...

BERNARD, se levant. Eh bien, fais-moi la grâce de m'accompagner aux Bordes, chez moi... c'est chez moi, à présent... j'y ferai donner la sépulture aux amis adorés que j'ai perdus... j'y pleurerai, tandis qu'ici je ne peux pas et je meurs!...

CADENET. Arrête...

BERNARD. J'irai seul!...

CADENET. Ni toi, ni moi, nous n'irons aux Bordes. D'abord, le château n'existe plus!...

BERNARD. L'incendie! c'est vrai... Quoi!... détruit en entier!... n'importe, il y a les débris, il y a la place!...

CADENET. La place où fut ta maison ne t'appartient plus.

BERNARD. Ne...

CADENET. Un jugement vient d'être rendu aujourd'hui même, par ordre de la régente, qui condamne la mémoire de tes amis, convaincus de haute trahison.

BERNARD. Eux?...

CADENET. Un jugement qui prononce la confiscation de tes biens et te condamne, si on te trouve... (Sylvie tombe à genoux.)

BERNARD. Aide-moi un peu!...

CADENET. A quoi!...

BERNARD. A partir!...

CADENET. Je t'en empêcherai...

BERNARD. M'empêcheras-tu, cette nuit, demain, de me jeter par une fenêtre ou de me passer une épée au travers du cœur?

SYLVIE, éplorée. Bernard... monsieur Bernard!...

BERNARD. Sylvie!... (Il recule devant elle.)

SYLVIE, s'agenouillant. Une amie qui pleure! une sœur qui ne vous abandonnera pas et vous supplie de vivre...

CADENET, ému. Corbleu, vous êtes une bonne femme!

SYLVIE. Il pâlit!...

CADENET. Il s'éteint!... (Bernard tombe dans le fauteuil.)

SYLVIE. Attendez... (Elle sort.)

CADENET. Bernard!... Bernard!...

BERNARD, évanoui. Que c'est bon de mourir!...

SCÈNE IX

LES MÊMES, SYLVIE, rentrant avec un cordial.

SYLVIE, à Cadenet. Voilà le médecin... il vous cherche, amenez-le!...

CADENET, sur la porte. Venez, docteur, par ici! (Reconnaissant le président.) Monseigneur!...

SYLVIE. Qu'y a-t-il?

CADENET, au président. Vous pouvez entrer, monseigneur!...

SYLVIE. Ce n'est pas le médecin?...

CADENET, bas à Sylvie. M. de Harlay!... (Il sort au fond.)

SYLVIE, avec saisissement. Monseigneur!... (Elle sort avec Cadenet.)

SCÈNE X

LE PRÉSIDENT, BERNARD, renversé sur son fauteuil, le président le considère un moment avec intérêt, puis lui touche l'épaule.

BERNARD, ouvrant les yeux. Monseigneur!... (Il veut se lever.)

LE PRÉSIDENT. Restez!

BERNARD. Pour moi!...

LE PRÉSIDENT. J'ai eu chaque jour de vos nouvelles par votre médecin, qui est mon ami... Dieu soit loué, vous voilà vivant!

BERNARD. Ai-je quelque chose à attendre de la vie?

LE PRÉSIDENT. Vous avez des amis, moi, d'abord, qui vous dois protection en mémoire de votre loyal, de votre courageux père... Ma maison vous est ouverte, venez chez moi, mon enfant; partout ailleurs vous ne seriez point à l'abri : vos ennemis sont en ce moment les plus forts...

BERNARD. Vous les connaissez, monseigneur, nommez-les-moi... qu'au moins je les haïsse, si je n'ai plus rien à aimer.

LE PRÉSIDENT. Vos biens confisqués ont été donnés à quelqu'un...

BERNARD. Le nom de celui-là ?...

LE PRÉSIDENT. On me l'a caché jusqu'à présent; il révélerait trop de choses... je le saurai!

BERNARD. En attendant, monseigneur, moi, traqué, affamé, meurtri, je saurai, comme les loups, aiguiser mes dents, non pour la défense, mais pour l'attaque. J'ai un parent dans le métier des armes, il me prendra comme soldat, il me montrera comment on venge, comment on tue...

LE PRÉSIDENT. De qui parlez-vous?

BERNARD. D'un homme qui, s'il fût resté une heure de plus sous notre toit, eût mis en fuite à lui seul les brigands et les meurtriers ; d'un vaillant capitaine qui n'eût pas laissé égorger son neveu et son beau-frère... je vais en appeler à mon oncle, le chevalier de Pontis!

LE PRÉSIDENT. Pontis! oh! ne prononcez jamais ce nom! n'allez pas compromettre l'unique défenseur d'une des plus illustres causes qui jamais aient ému le monde... Oh! Bernard de Preuil! oubliez ce nom de Pontis, que Dieu, demain peut-être, fera jaillir de l'ombre, flamboyant comme une épée...

BERNARD. Mais, monseigneur!...

LE PRÉSIDENT. Ne m'ôtez pas ma seule joie, touchez pas à la plus grande œuvre de ma vie!... Au nom de votre père dont le sang aurait coulé en vain, promettez-le-moi!

BERNARD. Promettez-moi donc, vous, monseigneur, que mes amis seront vengés?...

LE PRÉSIDENT. Ils le seront d'une façon si effrayante que leurs cendres s'agiteront de joie dans leur cercueil... Mais, en voilà trop... reposez-vous... avant quelques heures, vous aurez entendu parler de moi...

BERNARD. J'obéirai...

LE PRÉSIDENT, sur le seuil. Je vous le jure encore... tout sera payé à la fois!... (Il sort, on voit son bailli qui l'attend dans le vestibule.)

SCÈNE XI

BERNARD, CADENET.

CADENET. As-tu du nouveau? j'en apporte...

BERNARD. Ah!

CADENET. Mon frère Luynes m'attendait, nous avons causé...

BERNARD. Eh bien?...

CADENET. Tu parlais tout à l'heure d'une femme cachée aux Bordes.

BERNARD. Oui!...

CADENET. Cachée, n'est-ce pas?

BERNARD. Elle m'a recommandé le silence!...

CADENET. Bien!... qui est cette femme? tu hésites!...

BERNARD. Parce que j'ignore son nom... c'est celle qui avait protégé ma fuite, chez la reine mère, tu sais...

CADENET. Chez la reine mère... nous y voilà...

BERNARD. Comment ?

CADENET. Que venait faire chez toi cette femme à la reine mère, au moment où les égorgeurs de la reine mère épiaient l'heure de massacrer toute ta famille?...

BERNARD. Tu l'accuses! elle qui a péri, avec mon frère!...

CADENET. Allons donc!... Si elle eût péri est-ce que l'on ne le saurait pas à la cour!...

BERNARD. C'est vrai!...

CADENET. Donc, après avoir fait chez toi ce qu'on l'avait envoyée y faire, elle vit paisiblement dans l'oubli et l'impunité.

BERNARD. Oh! mais je roule d'horreurs en horreurs!

CADENET. Veux-tu la connaître? cette femme!

BERNARD. Si je veux ?

CADENET. Ce soir, la régente reçoit toute la cour au Louvre, toute la cour, entends-tu? ton inconnue y viendra.

BERNARD. Est-ce que j'entre au Louvre, moi?...

CADENET. Je t'y mènerai, dans un endroit d'où tu verras, d'où je te ferai voir tout le monde...

BERNARD. O Cadenet... tu viens de réveiller mon cœur!

SCÈNE XII

LES MÊMES, SYLVIE.

SYLVIE, précipitamment. De la part du président. (Elle lui donne une bourse, un billet.)

BERNARD, lisant. « Un père partage sa bourse avec son fils, acceptez! la confiscation de vos biens est donnée au comte Siete-Iglesias!... »

SYLVIE, à elle-même. Toujours lui!

CADENET. Le comte...

BERNARD. Au Louvre, Cadenet!... tu me montreras aussi celui-là! (Ils sortent.)

SCÈNE XIII

LA VIENNE, SYLVIE.

LA VIENNE, frappant à la porte. Sylvie! mignonne... me voilà libre... tu t'es enfermée?...

SYLVIE. Me voici... me voici... (Elle ferme la porte du fond et court ouvrir à son mari.)

SEPTIÈME TABLEAU

Grande salle au Louvre. — A droite, au premier plan, entrée. — Au troisième plan, vaste perron à double escalier qui, de la galerie du bord de l'eau, descend à la salle de bal. — A gauche, au premier plan entrée de l'appartement du roi. — Aux plans suivants, issues de la salle. — Au fond, la grande galerie au premier étage. — Salle et galerie richement ornées, splendidement éclairées. — Au lever du rideau, la consigne donnée aux gardes suisses et aux gardes françaises de service.

SCÈNE PREMIÈRE

LUYNES, CADENET.

LUYNES. Suivez, partout où ils iront ce soir, M. d'Ancre, madame de Verneuil, M. de Siete-Iglesias et M. le duc d'Épernon.

CADENET. Bien, monsieur.

LUYNES. Ne fût-ce qu'un mot, ne fût-ce qu'une syllabe, ne fût-ce qu'un coup d'œil qu'ils échangeront, ne le perdez pas.

CADENET. Soyez tranquille.

LUYNES. Où courez-vous ?

CADENET. Je vais d'abord placer notre pauvre Bernard pour qu'il puisse me désigner la femme en question.

LUYNES. Dans la petite antichambre vitrée, et recommandez-lui la prudence. Eux, déjà! Quittez-moi sans affectation... allez! (Cadenet sort.)

SCÈNE II

LUYNES au fond, SIETE-IGLESIAS, LA MARQUISE DE VERNEUIL, D'ÉPERNON, OFFICIERS et PROMENEURS dans la galerie et la salle.

D'ÉPERNON. Voici mes rapports de la journée. Il y a un beau-fils de ce du Bourdet qui s'est échappé des Bordes.

LA MARQUISE. Voici mes rapports à moi... Ce jeune homme s'appelle Bernard de Preuil... Cadenet, son ami, l'a caché chez la Vienne.

SIETE-IGLESIAS, à qui un inconnu est venu parler bas. J'ai mieux que vous tous! Ce soir, ce jeune homme a reçu la visite de M. de Harlay!

LA MARQUISE. Du président?

D'ÉPERNON. Le fils de du Bourdet?

SIETE-IGLESIAS. J'ai mieux encore! En sortant de chez ce jeune homme, le président a reçu une visite à son tour.

D'ÉPERNON et LA MARQUISE. Qui donc?

SIETE-IGLESIAS. Inutile de chercher... vous ne devineriez pas... La jeune reine!

LA MARQUISE et D'ÉPERNON. La jeune reine?

SIETE-IGLESIAS. Accompagnée d'une femme!

LA MARQUISE. Estéfana?

SIETE-IGLESIAS. Non! pas Estefana... Toujours ce Cadenet, on dirait qu'il nous écoute. (D'Épernon se détache du groupe pour aller observer Cadenet, et gagne le fond près de l'escalier.)

LA MARQUISE. Le président compterait-il remplacer du Bourdet par son fils?

— SIETE-IGLESIAS. Je le surveillerai. (Bruit, voix, mouvement.)

LA MARQUISE. Qu'y a-t-il?...

SCÈNE III

Les Mêmes, D'ÉPERNON, Le Capitaine des Gardes, puis LE MARÉCHAL.

D'ÉPERNON, au capitaine. Le président ici! M. de Harlay!... (Siete-Iglesias, la marquise se rapprochent.)

LE CAPITAINE. Il s'est présenté à la porte du cabinet du roi.

LE MARÉCHAL, entrant. Vous avez ordre de ne laisser entrer personne chez Sa Majesté le roi.

LE CAPITAINE. Je l'ai dit à M. de Harlay.

SIETE-IGLESIAS. Eh bien?

LE CAPITAINE. Il s'obstine.

LE MARÉCHAL. Congédiez-le.

SIETE-IGLESIAS. Faites exécuter vos ordres. (Au moment où le capitaine des gardes va remonter, M. de Harlay paraît.)

SCÈNE IV

Les Mêmes, LE PRÉSIDENT, Deux Conseillers.

LE PRÉSIDENT. J'attendrai ici.

LE CAPITAINE. Impossible, monseigneur, ce salon est réservé pour Leurs Majestés.

SIETE-IGLESIAS, au maréchal, bas. Prévenez la reine..... Il faut éloigner d'ici ce maudit vieillard. (Le maréchal sort.)

D'ÉPERNON, au capitaine. Ne savez-vous pas vous faire obéir?

LE CAPITAINE. J'ai arrêté messieurs les princes, mais cette fois-ci le cœur me manque. (Au président, respectueusement.) Monseigneur, puisqu'il est défendu d'entrer chez le roi!

LE PRÉSIDENT. Tant que le roi lui-même ne me l'aura pas dit, je refuserai de le croire.

SCÈNE V

Les Mêmes, LA REINE MÈRE, LE MARÉCHAL, Officiers, Gentilshommes.

LA REINE MÈRE, paraissant. Et si c'est moi qui vous le dis!

LE PRÉSIDENT. J'aurai bien du regret de voir traiter ainsi le premier magistrat du royaume, un fidèle serviteur qui a si peu de temps à attendre sur la terre.

LA REINE MÈRE. Le roi commande... obéissez!... (Le président s'incline et va sortir, une porte s'ouvre à gauche, le roi paraît.)

SCÈNE VI

Les Mêmes, LE ROI, LUYNES, ANNE, qui se glisse derrière le roi.

LE ROI. Vous voulez me parler, monsieur le président? me voici. (Mouvements divers.)

LA REINE MÈRE. C'est moi, mon fils, qui éloignais de vous M. le président pour épargner à Votre Majesté un scandale, et à nous des discussions inutiles.

LE ROI. Merci, madame. Parlez, monsieur.

LE PRÉSIDENT. Il y a un mois, un homme, soupçonné d'avoir assisté M. de Vendôme dans sa fuite, a été assassiné dans sa maison avec son fils et l'un de ses serviteurs. Les meurtriers se disent vos gens, sire, s'appuient de votre nom et demandent au parlement de déclarer ce meurtre légitime.

LE ROI. Sont-ce mes gens qui ont fait cela?

LE PRÉSIDENT. Moi, je le nie.

LA REINE MÈRE. S'ils ont eu à se défendre!

LE PRÉSIDENT. Je voudrais qu'on le prouvât.

SIETE-IGLESIAS. N'est-ce pas au procès-verbal?

LE PRÉSIDENT. Qui l'a rédigé? les meurtriers.

LE MARÉCHAL. On dirait que vous faites le procès aux gens de Sa Majesté?

LE PRÉSIDENT. Je le fais à tout le monde, c'est pour cela que les rois m'ont assis sur leurs fleurs de lis.

LA REINE MÈRE. Enfin, que prétendez-vous?

LE PRÉSIDENT. Que le sieur du Bourdet assassiné...

D'ÉPERNON, l'interrompant. Sire, ce mot assassiné s'appliquant à vos soldats, à vos officiers!...

LE PRÉSIDENT. Il n'y avait là ni officiers, ni soldats. Oui, je sais que des noms d'officiers figuraient sur l'ordre; mais personne de ces officiers n'a assisté au massacre.

LE MARÉCHAL, furieux. Massacre!...

LA REINE MÈRE, au président. Vous abusez de la patience du roi.

LE PRÉSIDENT. Le roi m'en avertira, madame; je poursuis. Les gens qui faisaient partie de cette expédition, affirment tous avoir été commandés par un homme, masqué d'une visière grillée, qu'ils ont cru être un de leurs chefs et qui, s'il a ordonné les meurtres de l'enfant et de la nourrice, a dû tuer de sa main le père de famille, attendu qu'il est demeuré seul enfermé avec ce malheureux jusqu'à sa mort. Voici les dépositions de ces soldats, signées de leurs croix ou signatures. (La reine s'empare de cette pièce que le président offrait au roi. Mouvement.) Quel était l'homme masqué? Déclarez-le... Fournissez-moi un nom, un seul; n'importe lequel, si vous voulez que je ratifie la sentence... (Le maréchal parle bas à la reine mère.)

LA REINE MÈRE. Cette prétendue victime était complice de l'évasion de M. de Vendôme.

LE MARÉCHAL. C'est prouvé.

SIETE-IGLESIAS. Qu'on prouve au moins le contraire.

LE PRÉSIDENT. J'apporte cette preuve au roi. (Il donne une lettre, cette fois au roi.)

SIETE-IGLESIAS. Monsieur de Harlay, vous êtes grand ami de ce rebelle!

LE PRÉSIDENT. Je l'étais, et je défendrai sa mémoire.

LE ROI. De M. de Vendôme? (Il lit.) « L'homme qu'on accuse de m'avoir aidé dans mon évasion, je ne l'ai jamais vu, jamais connu; j'affirme son innocence devant Dieu et devant le roi. »

LA REINE MÈRE. La belle caution d'un conspirateur à un traître!

LE ROI. Je crois à la parole d'un fils de Henri IV.

LE PRÉSIDENT. Eh bien, sire, si M. de Vendôme dit vrai, du Bourdet n'était pas coupable, sa mort est un crime, sa condamnation une iniquité et le parlement, en s'abstenant de la ratifier, n'a jamais mieux servi le roi.

LE MARÉCHAL. Il faut en finir avec ces calomnies.

SIETE-IGLESIAS. Avec ces sourdes accusations!

D'ÉPERNON. C'est de la rébellion contre vous, madame.

LA REINE MÈRE. Je me ferai obéir par mes gens à moi, contre ceux qui me désobéissent, et ne laisserai point périr l'État, pour sauver la mémoire d'un rebelle que défendent des imprudents et des fous!

LE PRÉSIDENT. Il n'y a d'imprudents que ceux qui tentent la patience de Dieu; j'attends les ordres de Sa Majesté le roi.

LA REINE MÈRE avec emportement. Le roi, vous l'oubliez trop, a délégué son autorité à sa mère..: Je vous enverrai ses ordres... Retirez-vous. (Le roi et Anne, humiliés, baissent les yeux.)

LE PRÉSIDENT, qui les observe avec tristesse. J'ai fait mon devoir de juge; à vous, sire, de faire votre devoir de roi!... Adieu. (Il sort.)

LUYNES, à l'oreille du roi. Dites un mot, sire; Paris n'attend qu'un signal!

ANNE, bas au roi. Pas encore! (Elle lui serre la main et sort.)

LA REINE MÈRE, qui a observé. Laisse-moi, Concini; monsieur d'Épernon, venez! (Elle sort après avoir vu partir le président, et rentrer le roi et Anne.)

SCÈNE VII

LE MARÉCHAL, LA MARQUISE, SIETE-IGLESIAS, CADENET.

LE MARÉCHAL. Encore un coup manqué pour M. de Harlay.

SIETE-IGLESIAS. Prenez garde qu'il n'en réserve un autre. Avez-vous vu comme le roi était pâle!...

LA MARQUISE. Avez-vous vu le sourire de la jeune reine?

SIETE-IGLESIAS. Ce n'est pas elle qui m'inquiète.

LE MARÉCHAL. Et qui donc?

SIETE-IGLESIAS. C'est l'auxiliaire mystérieux, la femme que je sens toujours auprès d'elle... Il y avait une femme déjà dans l'évasion de M. de Vendôme, une encore aux Bordes... C'est là, oui, c'est là, dans la complicité de cette femme, qu'est le secret de nos dangers toujours évités, toujours renaissants. (Se retournant et voyant Cadenet près de lui dans un groupe.) Décidément, on nous épie...

LA MARQUISE, bas. Oui, il n'y a plus de sûreté pour nous à nous entretenir ici. Ne nous voyons plus qu'à mon pavillon. (Ils se dispersent.)

SCÈNE VIII

Courtisans, Officiers, Pages, Dames, CADENET, BERNARD.

Peu à peu la foule envahit le salon et les galeries.

CADENET, à Bernard qu'il amène à gauche dans l'enfoncement qui sert de vestibule à l'appartement du roi. Mets-toi ici... Le divertissement

va tout à l'heure attirer la cour dans la galerie du bord de l'eau. Ne bouge pas, ouvre les yeux et surtout...

BERNARD. Tu as ma parole; seulement comme je ne connais pas ce Siete-Iglesias qui s'est fait donner mon bien, je prends pour la sienne toutes les figures qui se présentent... Indique-le moi, je t'en prie.

CADENET. Il était là, il n'y a qu'un moment... Attends donc... non, celui-là, c'est le duc de Féria... Tiens! je crois que le voilà... Non... c'est M. d'Ancre... Eh! par Jupiter! le voilà, ton Espagnol... il conduit la fille de la marquise de Verneuil. (A ce moment Siete-Iglesias et la jeune fille descendent le grand escalier venant de la galerie.)

BERNARD. Cette charmante jeune fille!

CADENET. Oui; tu as bien supporté cela... A la bonne heure; sois toujours aussi fort, aussi sage, au cas où nous verrions apparaître la personne que nous cherchons.

BERNARD. Je ne la vois pas... je ne la vois pas!...

CADENET. Patience, ne bouge pas; mon frère me fait signe; je vais revenir. (Il sort.)

SCÈNE IX

Les Mêmes, BERNARD, à son poste, SIETE-IGLESIAS, puis LA MARQUISE, puis MARGUERITE.

SIETE-IGLESIAS, rencontrant la marquise. Que votre fille est brillante ce soir!

LA MARQUISE. Où est donc votre comtesse?

SIETE-IGLESIAS. Je ne sais.

LA MARQUISE. Elle est très-belle aussi...

SIETE-IGLESIAS. C'est une femme qui n'a pas de santé.

LA MARQUISE. Oui, ma fille embellit chaque jour... Heureux le prince à qui je la donnerai!

SIETE-IGLESIAS. Quiconque la voit, madame, se promet de devenir prince et prince régnant pour lui offrir une couronne.

LA MARQUISE. Voici la reine. (On voit entrer la reine mère et sa suite. Siete-Iglesias quitte la marquise et va auprès de la reine mère qui l'appelle.)

CADENET, à Bernard. Eh bien?

BERNARD. Rien; je suis tout ébloui, tout fatigué... désespéré... Ah! Cadenet, la voilà!

CADENET. Où? (Marguerite paraît au seuil de la galerie sur le perron.)

BERNARD. Nœuds de diamants, corsage brodé d'argent.

CADENET. Tu te trompes.

BERNARD. Causant avec ce Siete-Iglesias.

CADENET. C'est sa femme.

BERNARD. Sa femme?...

CADENET. Sans doute, tu te trompes... Mais non... Tu ne te trompes pas... Elle est bien à la reine mère... Elle est bien la femme de celui à qui l'on a donné la confiscation de ton bien.

BERNARD. Oh!

CADENET. Qu'est-ce que je te disais?

BERNARD. C'est impossible! ce visage est pâle, ces yeux sont humides de larmes... Elle regarde cet homme avec dégoût, avec horreur... C'est impossible! Cadenet, c'est impossible...

CADENET. De la raison! rappelle-toi ce que tu m'as promis!

SIETE-IGLESIAS, à Marguerite. Pourquoi apporter ici ce visage funèbre? (Elle le regarde fixement et passe, il l'arrête.) Pardon; chez vous, que vous vous enfermiez... que nous ne nous apercevions plus, c'est votre caprice... je ne vous demande pas de me l'expliquer; mais en public, je veux qu'on me réponde... Remarquez que je vous parle, et parlez-moi... remarquez que je vous souris et souriez-moi... Allons... bien vite...

MARGUERITE, tremblant. Oui, monsieur; oui, monsieur. (Elle ébauche un sourire. Siete-Iglesias toujours souriant, lui baise la main et s'éloigne avec la cour qui insensiblement a passé dans la galerie voisine.)

BERNARD, à Cadenet. Elle rit, je te crois! (Il s'élance au-devant de Marguerite malgré tous les efforts de Cadenet.)

CADENET. Je t'en supplie! la promesse!

MARGUERITE, qui l'a vu. Bernard de Preuil! (Elle recule.)

BERNARD. Moi.

CADENET. Tais-toi!

MARGUERITE. Emmenez-le, monsieur!... emmenez-le...

BERNARD. Qu'est devenu le corps de mon frère?

MARGUERITE. Silence!

BERNARD. Oui! silence... c'est votre habitude de recommander le silence.

MARGUERITE, apercevant Siete-Iglesias qui s'est retourné au bruit et revient. Le comte! (A Bernard.) Ah! monsieur, retirez-vous... laissez-moi!

BERNARD. Pourquoi donc vous montrer dans ces flambeaux et ces lumières, si vous ne voulez pas qu'on vous reconnaisse?

SIETE-IGLESIAS, à Marguerite qu'il saisit par la main. Que veut cet homme? Est-ce à vous qu'il parle ainsi?

MARGUERITE. Je ne le connais pas.

BERNARD. Non! Qu'êtes-vous venue faire alors dans ma maison?

SIETE-IGLESIAS. Dans sa maison?

BERNARD. Vous y êtes entrée, et avec vous le meurtre, l'incendie, la ruine... Pourquoi êtes-vous vivante quand tous mes amis sont morts?

SIETE-IGLESIAS, à Bernard. Mais qui êtes-vous donc?

BERNARD. Est-ce que je vous demande à vous qui vous êtes? Est-ce que, en voyant la femme, je ne reconnais pas le mari?... La femme désigne les victimes et le mari les dépouille.

VOIX AU FOND. La reine! la reine!

SIETE-IGLESIAS. Je te retrouverai, mort ou vif!

BERNARD. Sans courir bien loin, car je te suivrai pas à pas jusqu'au jour où, sans arme, sans poignard, moi, avec mes ongles, j'en jure le Dieu vivant! je t'arracherai le cœur. (Cadenet et quelques amis se précipitent sur Bernard qu'ils entraînent.)

SIETE-IGLESIAS, à Marguerite. C'est bien, c'est bien. (Il sort.)

SCÈNE X

ANNE, MARGUERITE, CADENET, BERNARD, Officiers, Dames, Pages, Courtisans, Foule.

MARGUERITE, court auprès de la reine à qui Luynes vient de parler bas et d'expliquer le danger. Ah! madame, ayez pitié de lui, sauvez-le!

ANNE, la relevant, bas. Tais-toi! sois sans crainte... (Haut.) Ah! c'est le fils de ce du Bourdet, dont M. du Harlay a tout à l'heure démontré l'innocence au roi! Son père mort, ses biens confisqués et donnés à M. de Siete-Iglesias! voilà un homme bien malheureux! Quel cœur assez barbare pour ne point excuser sa folie! Qu'on le laisse libre, messieurs, qu'on ne lui fasse aucun mal. (Cadenet emmène Bernard à travers les groupes. Celui-ci échange de loin avec Siete-Iglesias une dernière menace. A Marguerite.) C'est charitable à vous, comtesse, de demander grâce pour ce pauvre fou!

MARGUERITE, à Anne. Madame, je remercie humblement Votre Majesté. (Anne passe avec sa suite.)

SCÈNE XI

SIETE-IGLESIAS, MARGUERITE.

MARGUERITE, à elle-même. Il ne s'agit plus que de moi...

SIETE-IGLESIAS. Je ne suis plus dupe... l'accusation de ce jeune homme est vraie.

MARGUERITE. Laquelle? celle qu'il dirigeait contre vous?

SIETE-IGLESIAS. Oui, Bernard de Preuil est fou! c'est ingénieusement trouvé par votre amie la reine... Il est fou! jamais vous n'avez été dans sa maison, n'est-ce pas?

MARGUERITE. Priez-moi de ne pas répondre.

SIETE-IGLESIAS. Je le connais donc enfin, cet agent mystérieux d'Anne d'Autriche... Je la connais cette main perfide qui me portait tant de coups du fond d'une ombre impénétrable... Eh bien, vous verrez demain ce que, sorti du piège, le lion que vous croyez tenir, fera de votre allié le président, de votre alliée la reine, de votre allié Bernard de Preuil.

MARGUERITE. Vous m'honorez de votre confidence, à ce que je vois... nous jouons je ne sais comment à découvert.

SIETE-IGLESIAS. Raillez! mais hâtez-vous... Raillez... je vous donne jusqu'à demain. Demain, à pareille heure, j'en aurai fini avec les secrets, avec les traîtres, avec les ombres!

MARGUERITE, s'approchant. Moi je vous dis que demain, vous serez le plus humble, le plus muet, le plus tremblant des vingt millions d'hommes qui vivent dans ce pays... Je vous dis que, dans un instant, vous adorerez à deux genoux, le roi, la reine, mes maîtres et les vôtres, et moi-même, si je vous le demande... Je vous dis que demain, M. de Preuil ne sera pas une ombre et qu'il vivra beaucoup plus tranquille qu'aujourd'hui et surtout plus riche, car vous allez lui restituer ses biens confisqués à votre profit; car vous allez jurer, non pas à moi, mais à vous-même, de ne pas toucher un cheveu de la tête de ce jeune homme, sinon, dans cinq minutes... oh! vous ne m'aurez pas tuée dans cinq minutes... tout ce qu'il y a ici de gentilshommes, de grands, de princes et de rois, vos amis et vos ennemis, toute cette foule qui vous croit un homme, et ne sait pas que vous êtes un monstre, apprendra de moi quel était l'homme à la visière grillée, qui, la nuit, aux Bordes, a lâchement assassiné l'avocat au parlement, du Bourdet!

SIETE-IGLESIAS, reculant épouvanté. C'était donc toi, démon, qui t'enfuyais dans les ténèbres!

MARGUERITE. Oui!... et j'avais tout entendu...

SIETE-IGLESIAS, froidement. Au revoir!

MARGUERITE. J'attends la restitution.

SIETE-IGLESIAS. Au revoir! (Il sort.)

SCÈNE XII

MARGUERITE, ANNE, LA REINE MÈRE, toute la Cour, puis SIETE-IGLESIAS.

MARGUERITE, à Anne. C'est fait de moi. Il sait tout... cette nuit, il me tuera... Mais vous allez régner, vous me vengerez, je meurs heureuse... Recevez mes adieux, ma reine.

ANNE, à Marguerite. Reste ici. (A la reine mère qui s'approche.) Êtes-vous belle ce soir, madame. Oh ! véritable reine par la puissance et par la beauté... Les magnifiques joyaux ! Je n'en ai pas, moi...

LA REINE MÈRE. Vous font-ils envie ?

ANNE. Un seul.

LA REINE MÈRE. Prenez.

ANNE. Je suis très-exigeante... je prendrai le plus beau.

LA REINE MÈRE Soit, il est à vous.

SIETE-IGLESIAS, à Marguerite, lui apportant la restitution. A vos ordres, pour partir, madame.

ANNE. Je prends madame de Siete-Iglesias.

LA REINE MÈRE. La comtesse !

ANNE. Elle est à moi ! (Au comte qui s'approche.) Je l'emmène. (A Marguerite.) Tu ne me quitteras plus jamais. (A Luynes.) Partons, M. de Luynes, le roi m'attend de bonne heure. (Elle sort avec sa cour, emmenant Marguerite.)

SCÈNE XIII

LA REINE MÈRE, SIETE-IGLESIAS, LE MARÉCHAL.

SIETE-IGLESIAS. J'espère qu'elle ne se contraint plus !

LE MARÉCHAL. C'est une bonne déclaration de guerre !

SIETE-IGLESIAS. J'aime mieux cela...

LA REINE MÈRE. Eh bien, on fera la guerre !

SIETE-IGLESIAS. Oui, et malheur aux vaincus !

ACTE QUATRIÈME

HUITIÈME TABLEAU

Une salle chez la reine Anne, au Louvre. — Portes à droite, à gauche et au fond.

SCÈNE PREMIÈRE

BERNARD, Un Exempt, au fond.

BERNARD. Monsieur l'exempt, sommes-nous arrivés à ma destination ?...

L'EXEMPT. Oui !...

BERNARD. Je sais que je suis votre prisonnier, puisque vous m'avez arrêté au sortir du Louvre. Mais puis-je vous demander où nous sommes. (Silence de l'exempt.) Non ? Et ce qu'on a décidé de moi ? (Silence.) Non plus ? Pardon, une dernière question, celle-là vous pourrez y répondre... Qu'ai-je à faire ici ?...

L'EXEMPT. Attendez ! (Il sort.)

SCÈNE II

BERNARD, seul. C'est ici que va venir me prendre quelque geôlier qui m'emmènera dans sa forteresse, quelque officier des galères peut-être, et je disparaîtrai sans bruit, victime, à mon tour, de cette ténébreuse intrigue ; broyé, à mon tour, dans l'infernal engrenage, et adieu, bon Cadenet, au revoir là-haut !... C'est égal, j'ai bien châtié cette femme, son digne mari était livide... Oh ! comme je les ai flagellés, mordus, elle surtout, la plus infâme des deux ! Oui, si j'ai bien exprimé ce qui bouillonnait en moi, je suis assez vengé ; elle a dû bien souffrir !... (La porte s'ouvre précipitamment à gauche.)

SCÈNE III

BERNARD, MARGUERITE.

BERNARD. Elle !

MARGUERITE. Monsieur ! c'est moi qui vous ai fait garder à vue et conduire ici. Je n'avais que ce moyen de vous soustraire aux représailles que vous avez provoquées, de répondre aux questions que vous m'avez posées hier. Hier, lorsque vous m'avez assaillie, l'œil en feu, l'outrage à la bouche, je ne pouvais que trembler, vous supplier, reculer devant vous. Tout autre qu'un furieux eût compris mes larmes... Tout autre que vous, eût reconnu l'ennemi mortel qui guettait mon regard, mon silence... Vous, avec une joie sauvage, vous m'avez foulée aux pieds ! Mes secrets, le secret d'une reine, votre ange tutélaire, vous avez tout jeté aux vents, tout trahi, tout livré, en haine de moi ! Peut-être eussiez-vous pu vous demander pourquoi cette femme, sitôt transformée en démon, vous avait sauvé la vie chez la reine mère, vous avait sauvé l'honneur aux Bordes. Car enfin, c'est la même femme qu'aux Bordes vous honoriez des protestations passionnées de votre reconnaissance... de

votre amour... Oui, je les ai entendues, moi, insensée, qui devais si cruellement expier ma crédulité d'un jour... Mais en voilà trop, j'avais soif de vous voir, je vous vois. Réglons nos comptes. Hier, en plein Louvre, vous m'avez reproché d'avoir partagé vos dépouilles... vos biens vous sont rendus... voici l'acte... Prenez ! prenez donc ! J'ai volé, mais je restitue !... Réparation, s'il vous plaît. (Bernard baisse la tête.) Quant à l'autre accusation, quant au meurtre de cet enfant, désigné par moi aux assassins... Ah ! vous ne m'avez jamais regardée ! et pour effacer cette parole, pour laver la honte de ce soupçon, allez, monsieur, vous n'aurez jamais assez de larmes. (Elle sort, Bernard ébranlé fait un pas vers la porte par laquelle Marguerite a disparu. Au même instant la tenture se soulève à gauche. On entend la voix d'Aubin qui paraît sur le seuil de la chambre.)

SCÈNE IV

BERNARD, AUBIN, LAFOUGERAIE.

AUBIN, soutenu par Lafougeraie. Mon frère, ne venez-vous pas m'embrasser ?... (Il va chancelant s'asseoir dans un fauteuil.)

BERNARD, foudroyé. Aubin, vivant !...

AUBIN. Oui ! mon frère ! (Bernard vient se courber devant l'enfant qui étend ses bras autour de son cou.)

LAFOUGERAIE. Prenez garde de rouvrir sa blessure !

BERNARD. Ta blessure !

AUBIN. Oui ! j'ai été blessé comme mon pauvre papa. Comment va-t-il ? toujours de mieux en mieux, n'est-ce pas ?

BERNARD, à lui-même. On ne lui a rien dit ! (Haut.) Oui, cher enfant, il va mieux ; mais toi ?...

AUBIN. Oh ! moi, je vais bien ; M. de Lafougeraie est si bon !...

BERNARD. C'est Lafougeraie qui t'a sauvé ?...

AUBIN. Mais non, c'est... Vous savez bien ?...

BERNARD. Non ! je ne sais pas... j'ai besoin que tu me dises tout ?... Je n'étais pas là, moi, quand le malheur est arrivé...

AUBIN. Oh ! je serais mort, sans sa bonté, son courage !...

BERNARD. Le courage de qui ?...

AUBIN. De ma bonne amie !...

BERNARD. De la...

AUBIN. Celle que je prenais pour un fantôme et que j'avais aperçue dans la chambre de notre mère !...

BERNARD. Cette femme t'a sauvé la vie ?

AUBIN. Elle a déchiré les rideaux, les a noués au balcon, et, m'attachant autour de son corps, elle a glissé jusqu'en bas. Ses pauvres mains étaient toutes saignantes !...

BERNARD, haletant. Ah !

AUBIN. Une balle d'arquebuse m'avait déchiré le côté... je ne pouvais plus me tenir. Elle m'emporta, poursuivie par des hommes, jusqu'à la rivière... Oh ! comme elle courait ! je perdis connaissance dans le bateau de Lafougeraie, et ne me réveillai qu'ici. En ouvrant les yeux, je cherchais le ciel ; ce sont les yeux de ma bonne amie que j'ai rencontrés... Elle était là encore, veillant près de mon lit... me parlant de mon père blessé, de vous qui étiez malade, et elle pleurait. Aujourd'hui, on m'a guéri et il paraît que je ne mourrai pas...

BERNARD, écrasé de douleur. Oh ! oh !

LAFOUGERAIE, à Aubin. Embrassez votre frère, assez de fatigue pour une première fois.

AUBIN. Et à présent que vous savez ce que nous devons à ma bonne amie, aimez-la bien !...

BERNARD, à Lafougeraie. Je n'y tiens plus ! emmène-le !

AUBIN. Adieu !... (Il sort avec Lafougeraie.)

SCÈNE V

BERNARD, seul, puis MARGUERITE, puis SYLVIE.

BERNARD, égaré. C'est là qu'elle a posé le pied pour la dernière fois. (Il s'agenouille et baise la place.) C'est vrai ! je n'aurai pas assez de larmes, il faut encore tout mon sang ! (Il se relève.) Je ne serai pas longtemps à me punir !... (Il court vers la porte, Marguerite s'y trouve, attendrie, émue.)

MARGUERITE. Où allez-vous ?...

BERNARD. Vous délivrer d'un malheureux qui se fait horreur à lui-même.

MARGUERITE. En vous voyant embrasser cet enfant, je viens d'oublier tout, je vous pardonne !...

BERNARD. Moi, je ne me pardonne pas !...

MARGUERITE. Oh ! ne détruisez pas l'édifice qui m'a coûté si cher à élever ! vous retrouvez votre frère, la liberté, la fortune ! rien ne vous manquera désormais pour être heureux !...

BERNARD. Je pouvais l'être aux Bordes, lorsque, vous ayant vue une seule fois, et vous adorant sans vous connaître, je m'enivrais de vous au souvenir. Alors j'étais une âme égale à la vôtre, je m'élevais jusqu'à vous par ma reconnaissance, par mon idolâtrie ; aujourd'hui je vous vois parfaite comme un des anges de Dieu, vous me voyez honteux et vil... l'infini nous sépare... tout ce que je puis espérer de vous, c'est de la pitié, c'est l'oubli; votre pitié... une blessure! votre oubli... la mort!... voilà comment je serai heureux!...

MARGUERITE. Donnez-moi votre main, vous êtes un homme de cœur.

BERNARD. Vous me souriez!...

MARGUERITE. J'ai tant de joie, je suis si fière d'avoir payé dignement à votre père sa généreuse hospitalité, si heureuse d'avoir, au prix d'un peu de souffrance, acquis une famille, des amis, Aubin et vous, qui connaissez maintenant mon cœur et bénirez ma mémoire.

BERNARD. Et moi! je ne puis rien! rien pour vous!...

MARGUERITE. Le temps viendra où j'aurai besoin de votre dévouement, et je ne douterai pas, moi! Mais pour me garder la défense, mettez en sûreté le défenseur. Vous savez qu'un pas fait imprudemment hors d'ici, vous livre aux mains d'un ennemi implacable.

BERNARD. Le vôtre! n'est-ce pas?... celui qui m'a promis de me retrouver mort ou vif, et à qui j'ai juré d'aller à sa rencontre... J'irai!...

MARGUERITE. Croyez-vous donc, insensé, rencontrer devant vous, au grand jour, une poitrine défendue par une loyale épée?... jamais!... Ce n'est pas ainsi que se vengent les gens qui vous ont menacé... Comprenez-moi donc, monsieur de Preuil! et obéissez-moi!..

BERNARD. Non! non! malgré la haine, malgré la trahison, je vivrai!... (Il s'agenouille.) Je vivrai au travers des embûches, je vivrai sous le poignard!... Vous m'avez pardonné, vous m'avez tendu la main. Je vivrai! je vivrai!...

MARGUERITE. Obéissez, vous dis-je! n'ajoutez pas vos dangers à mes tourments... nous touchons à une lutte décisive; avant peu, nous serons triomphants ou précipités. Profitez de la nuit qui tombe, sortez par les fossés, vous vous rendrez chez M. de Harlay, dans sa maison inviolable, vous attendrez là l'événement. Vous y aiderez peut-être... Quant à votre frère, il ne peut plus rester ici, et l'éclat d'hier, en décourageant la reine qui l'a caché chez elle, comme vous voyez, eût enlevé tout protecteur à notre cher enfant, si, par miracle, je n'eusse trouvé pour veiller sur lui une auxiliaire imprévue, une ancienne amie à moi et à vous.

BERNARD. A moi!...

MARGUERITE. Une âme tendre et hardie, plus estimable dans sa fragilité que tant d'autres restées sans tâche!...

BERNARD. Sylvie!

MARGUERITE. Elle avait appris par Cadenet la scène du Louvre, elle en comprit les conséquences, et, toute tremblante, est accourue près de moi, je lui avouai humblement ma présence aux Bordes et mon indiscrétion qui lui avait coûté si cher... Pauvre Sylvie, elle m'en a louée, elle m'en a remerciée, elle m'a suppliée de la faire servir à votre salut... Oh! comme je lui ai ouvert mes bras! comme nous avons mêlé nos baisers et nos larmes. Je l'ai conduite auprès d'Aubin. Il est convenu qu'elle s'en charge et le fera sortir d'ici, elle, dont personne ne se défie... et me voilà sans crainte pour mes deux protégés... bien forte de ce que Dieu m'a donné, de ce qu'il me promet, et de l'assurance où je suis qu'il n'y a plus de malheur possible que pour moi!...

BERNARD. Pour vous, et par ma faute!...

MARGUERITE. Allez, et abandonnez mes mains que je n'ai pas la force de détacher des vôtres. Tenez, voilà Sylvie qui guette mon signal... Viens, viens donc!...

SYLVIE, entrant. Est-il temps, madame, puis-je partir?...

MARGUERITE. Pas avant qu'il t'ait remerciée!...

SYLVIE. Monsieur Bernard!...

BERNARD, lui serrant les mains, l'embrassant. Bonne Sylvie, que je vous aime!...

MARGUERITE, l'embrassant. Et moi!...

SYLVIE. Jusqu'à Aubin, qui m'adore depuis que je suis mariée! Ai-je bien fait d'épouser la Vienne!... (Sylvie sort.)

LAFOUGERAIE. La reine!...

MARGUERITE. Conduis-le, Lafougeraie!...

BERNARD. Adieu. (Il sort.)

MARGUERITE. Adieu!...

SCÈNE VI

ANNE, MARGUERITE.

ANNE, à Marguerite. Es-tu seule?...

MARGUERITE. Oui, madame.

ANNE. Nos deux protégés!...

MARGUERITE. Ils sont partis.

ANNE. C'est bien, ne laissons aucun prétexte à l'ennemi!...

MARGUERITE. Hélas! madame, ce qui est arrivé au Louvre à cause de moi, c'est un souffle contraire qui accélère la tempête.

ANNE. Qu'elle soit la bienvenue! assez longtemps j'ai courbé le front! je suis lasse de me défendre... je veux attaquer.

MARGUERITE. Il faut être bien sûr de vaincre!...

ANNE. Je le suis; j'avais, cette nuit, envoyé Luynes consulter le président, sur le danger de notre situation nouvelle... « Qu'on m'appelle au Louvre a répondu M. de Harlay, et quand j'aurai dit un mot, le roi sera le maître! j'ai trop tardé à parler!... »

MARGUERITE. Dieu soit loué, madame... Mais écoutez donc.

ANNE, désignant l'escalier à droite. Là, n'est-ce pas?...

MARGUERITE. M. de Cadenet...

SCÈNE VII

LES MÊMES, CADENET.

CADENET. Où est la reine?... (Apercevant Anne.) Madame, un courrier mystérieux est arrivé à M. de Siete-Iglesias, dont la figure est devenue rayonnante et qui est entré immédiatement chez la reine mère!...

ANNE. Un courrier, de quelle part?...

SCÈNE VIII

LES MÊMES, LUYNES, entrant à gauche.

LUYNES. C'est un de ces espions que le comte entretient autour du logis de M. de Harlay. Après avoir entendu cet homme, la reine mère est sortie de chez elle avec le comte et le maréchal, ils sont allés prendre le roi dans son cabinet!...

CADENET. Et ils vous cherchent, madame!...

MARGUERITE, au fond. Ils questionnent vos huissiers, ils viennent par ici!...

ANNE. Qu'ils viennent!...

MARGUERITE. Prudence! prudence!

LUYNES. Vous n'arrêterez pas le torrent! le voilà qui roule!...

ANNE, à Luynes. Courez chez le président! dites-lui que je vais engager la bataille, que je l'attends et amenez-le par le petit degré; allez!

LUYNES. Dans un moment. (A Cadenet.) Veillez bien au dehors! (Il sort, Cadenet aussi.)

ANNE, à Marguerite. Tiens-toi là et ne perds pas une minute pour m'annoncer Luynes quand il amènera le président! (Marguerite sort.)

L'HUISSIER. Leurs Majestés!..

SCÈNE IX

ANNE, LA REINE MÈRE, LE ROI, LE MARÉCHAL, SIETE-IGLESIAS.

LA REINE MÈRE. La voici, mon fils, la voici!...

LE ROI. La reine mère veut nous parler, à vous et à moi, à tous les deux, n'est-ce pas?...

LA REINE MÈRE. C'est-à-dire mon fils, que je parlerai à vous, en présence de madame.

ANNE, à la reine mère. De choses qui concernent le roi, vous et moi?...

LA REINE MÈRE. Précisément.

ANNE, désignant Siete-Iglesias et le maréchal. Alors, je vois ici deux personnes qui ne sont pas à leur place.

LE MARÉCHAL. Moi, madame, étant fort attaqué, j'aurai sans doute à me défendre.

LA REINE MÈRE. C'est pourquoi j'ai amené M. le maréchal.

ANNE, désignant Siete-Iglesias. Mais monsieur!...

SIETE-IGLESIAS. Moi! j'ai à réclamer auprès de Votre Majesté...

ANNE. Votre femme?... vous me demanderez audience pour cela... rien que pour cela...

SIETE-IGLESIAS. On dirait que Votre Majesté me chasse!...

ANNE. Je vous congédie.

SIETE-IGLESIAS. Les hommes de mon rang sont habitués à entrer au conseil des rois.

ANNE. Les femmes du mien ne sont pas habituées à répéter leurs ordres! (Elle passe près du roi.)

LE ROI, doucement. Sortez, monsieur le comte. (Le comte, avant de faire un mouvement, consulte du regard la reine mère.)

LA REINE MÈRE, au comte. Pardon, comte, je ne suis pas chez moi, mais j'y serai tout à l'heure, et je vous promets satisfaction!... (Le comte la salue et sort. Au roi.) Voilà qui m'épargne bien des précautions de langage, mon fils, vous voyez comment l'on traite mes serviteurs! qu'ont-ils fait? qu'ai-je fait moi-même? De la franchise, j'en exige, j'en aurai!...

LE ROI. Mais, madame, je ne me plains pas!

ANNE. Je me plains, moi!

LA REINE MÈRE. De ma persévérance à retenir l'autorité! Savez-vous pourquoi je la garde?...

LE ROI. Je ne me le suis jamais demandé!..

ANNE. Moi, je me le suis demandé souvent, et je ne l'ai jamais compris!...

LA REINE MÈRE. Vous allez le savoir! c'est que je connais les conseils funestes dont on entoure mon fils. C'est que l'État est mis en danger chaque jour, par des complots contre mes amis, contre moi-même... On trame de criminelles intrigues, on se ligue avec les conspirateurs.

LE ROI. Qui donc?...

LA REINE MÈRE. Voulez-vous connaître la main qui a ouvert la prison de M. de Vendôme, noué la conspiration de du Bourdet, allumé la révolte dans la ville et le parlement; voulez-vous que je vous signale le brandon qui alimente incessamment la haine entre une mère et son fils!...

LE ROI. Je ne veux pas le connaître.

ANNE. Moi, je vous somme de le nommer.

LA REINE MÈRE, à Anne. C'est vous!...

LE ROI. Elle!...

LA REINE MÈRE. Vous qui êtes venue ici distiller les poisons de votre pays!...

ANNE. Pour les poisons de tout genre, mon pays est bien stérile auprès du vôtre!

LE MARÉCHAL. Madame!

LA REINE MÈRE. Sire! on insulte votre mère.

ANNE. Le roi voit bien qu'on insulte aussi sa femme!...

LA REINE MÈRE. Alors entre sa femme et sa mère, il choisira.

LE ROI. Plus de modération.

ANNE. Et si c'est vous qu'on choisit, ne consultera-t-on pas le roi, mon père?

LA REINE MÈRE. Nous lui répondrons!

LE ROI. La guerre avec un allié?...

LE MARÉCHAL. Sire, j'ai dix mille hommes levés et équipés à mes frais, en cas de guerre, je les offre à Votre Majesté.

LE ROI, indigné, à lui-même. Insolent!...

ANNE, au roi. Vous n'avez pas d'armée, vous, mais monsieur vous prêtera la sienne, et au besoin il la commandera; madame l'a fait maréchal de France.

LE ROI, grinçant des dents. Oh! celui-là!...

LA REINE MÈRE. Assez d'insultes, concluons.

LE ROI. Je ne répondrai rien, avant d'avoir consulté mes conseillers.

LA REINE MÈRE, ironique. M. de Harlay?

LE ROI. N'est-ce pas lui que mon père me recommanda d'appeler dans les occasions difficiles? La recommandation de mon père m'est sacrée comme sa mémoire!...

LA REINE MÈRE. Eh bien, consultez-le.

ANNE. Sire, j'ai prévenu votre volonté, M. de Harlay va venir. (Apercevant Luynes.) Ah! M. de Luynes, c'est bien! introduisez le président.

SCÈNE XI

LES MÊMES, LUYNES, troublé.

LUYNES. Madame!...

ANNE. Eh bien, M. de Harlay?

LE ROI. Qu'il entre!...

LUYNES. Ne l'attendez pas, sire; M. de Harlay, il y a une heure, est tombé frappé d'apoplexie au seuil de sa maison!

ANNE. Sans espoir... sans une parole?

LE ROI. Pour moi?

ANNE. Ou pour moi?

LUYNES. M. le président est mort. (Il sort.)

LA REINE MÈRE. Eh bien, mes conseillers à moi, m'engagent à rétablir la paix dans l'État. Demain, j'aurai accompli ce devoir... demain, madame se retirera au château d'Amboise, où Dieu lui inspirera de meilleures pensées. Au point du jour, vous serez partie! Quant à vos complices, M. de Luynes et ses frères, la Bastille! La plus coupable de tous, c'est madame de Siete-Iglesias. Malgré sa trahison envers moi, j'userai d'indulgence... elle sera rendue à son mari.

ANNE. La prison pour moi, le bourreau pour elle! Mais si le roi refusait!

LA REINE MÈRE. Si mon fils préférait des traîtres à sa mère, s'il poussait l'ingratitude et l'aveuglement jusqu'à contester l'autorité que je tiens de Dieu et de feu mon époux qui me nomma régente, j'aurais la douleur de défendre l'État même contre mon fils... J'ai dit... Venez, M. le maréchal. (Elle sort avec le maréchal.)

ANNE. Et vous, sire, vous ne défendez pas votre droit?

LE ROI. Par la guerre civile... non!

ANNE. Et votre femme?

LE ROI. Contre ma mère, jamais!

ANNE. Vous êtes trop bon fils... sire.

LE ROI. Soyez meilleure épouse... meilleure amie! Ma mère et ses serviteurs prouvent les intrigues et les complots des vôtres, prouvez-moi leur fidélité... Alors, si je vous abandonne,

il sera temps de m'accuser, mais non, l'on se contente de me dire : Défie-toi, prends garde, nous sommes entourés de pillards, de meurtriers. Où sont-ils! montrez-les-moi! nommez-les-moi! prouvez leur crime! prouvez, madame, prouvez!

ANNE. Ils savent bien que je n'ai pas de preuves, ceux qui m'éloignent de Votre Majesté. Ils savent bien qu'ils les ont détruites jusqu'à la dernière. Oh! M. Harlay! vous m'aviez promis de parler!

SCÈNE XII

LES MÊMES, LUYNES.

LUYNES. Il a parlé, madame!

LE ROI. Tu dis?...

LUYNES. Tout à l'heure, devant la reine mère, et le maréchal, j'ai dû réserver ce que j'avais à vous dire.

ANNE. Parlez!

LE ROI. Va.

LUYNES. J'entrais chez le président au moment où, sur son escalier même, des agents de la régente arrêtaient le malheureux Bernard de Preüil.

LE ROI. Arrêté!

ANNE. Encore celui-là!

LUYNES. Oui, madame. Le président gisait foudroyé sur son fauteuil, plus de mouvement, plus de voix; son regard seul vivait encore... Je me jette à ses pieds... Un mot, monsieur, un mot, lui dis-je, un seul mot qui sauve notre cause... qui sauve la reine et le roi! il regardait sa plume. Je la glisse entre ses doigts, que je soutiens, que je réchauffe, il trace à peine quelques lettres... sa main s'ouvre, la plume lui échappe... mais il avait écrit un nom! (Il donne un papier au roi.)

ANNE. Un nom!

LE ROI, lisant. Pontis!

ANNE. Un des bons soldats de votre père!

LE ROI. N'est-il pas mon lieutenant à Grenoble?

ANNE. Envoyez vers lui!

LUYNES. J'irai!

LE ROI. Que de malheurs ici, avant que tu sois arrivé!

LUYNES. Ne désespérons pas.

ANNE. Essayons toujours.

LE ROI. Je verrai... je chercherai.

ANNE. Le temps qui passe, c'est notre sang qui coule!

SCÈNE XIII

LES MÊMES, LE CAPITAINE DES GARDES, puis MARGUERITE.

LE CAPITAINE. Un officier de province insiste pour voir Sa Majesté.

LE ROI. Qu'on me laisse!

MARGUERITE, accourant, à la reine. M. de Pontis, madame!

ANNE. M. de Pontis!

LE ROI. Êtes-vous sûre!

MARGUERITE. Je le connais! je l'ai vu!

LE ROI. Qu'on l'amène!

ANNE. Par mon appartement!

LUYNES. On dirait que la chance tourne! (Il sort.)

SCÈNE XIV

LE ROI, ANNE, PONTIS.

MARGUERITE, à Pontis. Ici! monsieur, ici! (Elle sort.)

LE ROI, à Pontis. D'où venez-vous?

PONTIS. De Rambouillet, où je me tenais à la disposition du président. Il m'a mandé ce matin. Je l'ai trouvé mort, et me voici.

LE ROI. Que voulez-vous?

PONTIS. Je veux dire à Votre Majesté ce que lui dirait en ce moment M. de Harlay si on l'eût laissé vivre...

LE ROI. J'écoute.

PONTIS. Je viens dire pourquoi mon beau-frère du Bourdet a été mis à mort, l'un de ses fils blessé, l'autre emprisonné.

LE ROI. Pourquoi?

PONTIS. Parce que du Bourdet avait connaissance d'un crime dont les coupables ont voulu prévenir la révélation.

LE ROI. Vous affirmez bien hardiment!

PONTIS. Parce que je sais.

LE ROI. Eh bien, qui sont les coupables?

PONTIS. Demandez-moi d'abord quel était le crime.

ANNE. J'ai peur.

LE ROI, après un silence. Soit... Je vous le demande.

PONTIS. Réfléchissez encore... sire! vous pouvez vous arrêter.

LE ROI. Pourquoi m'arrêterai-je, quand vous ne vous arrêtez pas... Quel était ce crime?

PONTIS. Le meurtre d'un roi.

LE ROI. Quel est le meurtre de ce genre qui n'a pas été puni?

PONTIS. Celui du roi votre père.

LE ROI. N'a-t-on pas condamné son assassin ?

PONTIS. L'un de ses assassins.

LE ROI. Il y en a d'autres ?

PONTIS. Oui.

LE ROI. Vous oseriez les nommer ?

PONTIS. Je ne suis venu que pour cela.

ANNE. Enfin !

LE ROI, à Anne. Voilà un homme qui s'avance! il joue gros jeu !

PONTIS. Moins que vous, mon maître... Je joue ma tête, vous jouez votre honneur... Oui, ceux que je viens accuser... ce sont... faites bien attention, sire... ce sont des grands, des princes ! plus que cela! Leur tête en tombant ferait tant de bruit que vous aimerez mieux vous contenter de la mienne !

LE ROI. Tu mourras demain comme un sacrilége, si tu ne m'as pas désigné un à un tous les meurtriers !

PONTIS. J'y compte bien... mais si vous reculez au lieu de les punir... il s'agit de venger votre père... si vous reculez, lequel de nous deux sera le sacrilége !

LE ROI. Les têtes coupables tomberont.

PONTIS. Votre parole ! (Le roi lève la main vers le portrait de Henri IV encadré dans la boiserie.) Bien! tous seront punis !... ne baissez pas encore la main... quels qu'ils soient!

LE ROI. Tous ceux que tu auras convaincus!

ANNE, embrassant le roi. Mon roi!

PONTIS. Eh bien, sire, ne perdons pas de temps ; mon neveu est arrêté, je ne veux pas qu'on me le tue... Mon moyen est sûr, mais il peut ne pas convenir à Votre Majesté.

LE ROI. Tout me conviendra... pourvu que vous prouviez.

PONTIS. Même s'il faut me suivre la nuit, seul, dans quelque lieu étrange et sombre...

LE ROI. Pourquoi seul ?

PONTIS. Parce que je dois vous faire entendre ce qui ne peut être entendu que de vous seul ! Oui ! vous assisterez à une scène terrible ! si votre âme n'est pas de marbre, ne venez pas !

LE ROI. J'irai ! le lieu du rendez-vous ?

PONTIS. Les Célestins... rue de la Cérisaie.

LE ROI. L'heure.

PONTIS. Onze heures !

LE ROI. Bien ! Luynes ! (Luynes accourt.) Faites sortir ce gentilhomme.

ANNE. Sans que personne ait pu le voir. (A Pontis.) Merci, monsieur ! allez !

LE ROI, à Anne. Me quittez-vous toujours ?

ANNE. Jamais ! (Entrée des courtisans.)

LE ROI, tenant la reine dans ses bras, à ceux qui entrent.) Voyez messieurs la reine se trouve mal... elle ne partira que demain !

NEUVIÈME TABLEAU
Le passage de marbre.

Caveaux aboutissant à la maison de la Vienne, sous la rue de la Cérisaie.

SCÈNE PREMIÈRE
LE ROI, PONTIS, une lampe à la main.

LE ROI. Où sommes-nous en ce moment ?

PONTIS. Sire, nous traversons là rue de la Cérisaie, sous la rue elle-même ; au bout de ce passage, à trois pas, Votre Majesté aperçoit le mur séparatif du pavillon que madame de Verneuil s'est réservé chez le baigneur la Vienne.

LE ROI. La marquise !

PONTIS. Voyez-vous deux marches de marbre, sire, et au-dessus de ces marches, une large pierre nacrée et polie comme de l'agathe...

LE ROI. Je vois...

PONTIS. C'est un bloc de lave indienne, poreuse et perméable au point de laisser filtrer la lumière et le son...

LE ROI. En effet, la pierre s'illumine.

PONTIS. On allume chez la marquise.

LE ROI. J'entends chanter...

PONTIS. C'est la voix de la Vienne qui prépare le salon ; Votre Majesté entendra de même toutes les voix qui vont tout à l'heure retentir dans le pavillon.

LE ROI. Vraiment !...

PONTIS. Un dernier mot, sire ! Le jour de la mort du roi, n'avez-vous pas entendu parler de ce que faisait au Louvre, la reine, votre mère.

LE ROI. Mille fois. Elle écrivait dans sa chambre.

PONTIS. A qui ?... Pardon, sire !

LE ROI. A son frère, le grand-duc.

PONTIS. Et cette lettre ?...

LE ROI. Cette lettre inachevée disparut au milieu du désordre, où l'affreuse nouvelle plongea tout le palais. Ma mère fu toujours frappée de sa disparition, car personne, assure-t-elle, n'avait pénétré dans sa chambre.

PONTIS, lui remettant une enveloppe. Tenez, sire !

LE ROI. L'écriture de la reine-mère ; la date, 14 mai 1610. *Fratello carissimo !* C'est la lettre !...

PONTIS. Oui, sire.

LE ROI. Comment est-elle entre vos mains ?

PONTIS. C'est ce que vous allez apprendre dans un moment en vous plaçant sur ces marches et en approchant l'oreille de la muraille ; et tenez, on entend, ce me semble.

LE ROI. La voix de la marquise.

PONTIS. Et celle de Siete-Iglesias.

LE ROI. Oui...

PONTIS. Vous entendrez bientôt celle de M. le maréchal d'Ancre, celle de M. d'Epernon, et, à côté de ces quatre voix, une cinquième, celle d'un homme qui se dévoue pour la vengeance de son ancien maître. Sire, éteignez bien les battements de votre cœur, pour qu'ils ne couvrent pas ces voix que l'épouvante et la colère vont bien altérer tout à l'heure... Vous êtes le juge, ce degré de marbre est votre tribunal, et je vais faire comparaître quatre grands coupables devant votre justice suprême. Écoutez, sire, écoutez !... (Le roi se dirige vers le pavillon au bas duquel Pontis a disposé sa lampe. Pontis revient sur ses pas, traverse les caveaux et disparaît à son tour.)

DIXIÈME TABLEAU

La scène change. — A gauche le salon de madame de Verneuil, avec porte à gauche dans le pan coupé. — Fenêtre au fond, et cheminée. — A droite, deux degrés de marbre dominant la perspective des caveaux.

SCÈNE PREMIÈRE

A gauche, LA MARQUISE, SIETE-IGLESIAS, puis LE MARÉCHAL, puis D'ÉPERNON, à droite LE ROI, assis, écoutant.

SIETE-IGLESIAS. Ah ! la journée a été bonne ! Le président disparu, la reine exilée, l'orgueilleuse ! Les Luynes, sombrés ! tous les bonheurs !...

LA MARQUISE. Votre femme rendue au foyer conjugal !

SIETE-IGLESIAS. Elle qui aimait tant la reine... Oh ! elle en mourra. Vous avez bien fait de nous convoquer cette nuit, madame...

LA MARQUISE. Mais ce n'est pas moi.

SIETE-IGLESIAS. C'est le maréchal, sans doute.

LE MARÉCHAL, entrant. Moi, pas du tout !... Certes l'événement vaut bien qu'on se réunisse pour s'en féliciter... mais je n'ai pas envoyé de convocation...

LA MARQUISE, à d'Epernon qui entre. C'est vous alors, monsieur le duc.

D'ÉPERNON. Nullement !, j'arrive moi, avec mon billet, voilà tout. (Le maréchal et d'Epernon ont déposé leurs épées sur un grand canapé près de la cheminée.)

LE MARÉCHAL. Il faut pourtant que ce soit quelqu'un.

SIETE-IGLESIAS. Ce chiffre convenu entre nous, quelqu'un le connaît donc ?...

LE MARÉCHAL. Il a donc été divulgué ?

LA MARQUISE. Par qui ?...

SIETE-IGLESIAS. Voilà longtemps que je soupçonne la Vienne.

LA MARQUISE. Oh ! je réponds de lui...

SIETE-IGLESIAS. Enfin, il faut savoir, si c'est une mystification, de qui elle vient... Appelez la Vienne, je vous prie.

LA MARQUISE. Je l'entends.

LE MARÉCHAL. Oui, l'on vient.

SIETE-IGLESIAS. Nous allons voir...

SCÈNE II

LES MÊMES, PONTIS s'arrête sur le seuil, muet, immobile ; il est armé de pistolets. D'un bond, il s'est placé devant le canapé, a saisi les épées qui s'y trouvent et les lance derrière lui dans le vestibule.

SIETE-IGLESIAS. Qui êtes-vous ?... que voulez-vous ?

LE MARÉCHAL, appelant. La Vienne !

PONTIS. N'appelez personne, personne ne viendra. Je suis entré par la fenêtre du vestibule et j'ai fermé les verrous des portes. Ne remuez pas non plus, les uns ou les autres, car, au premier geste que vous feriez, vous, messieurs, pour aller à vos épées ; vous madame, pour donner quelque ordre, je croirais que vous m'êtes hostiles à moi qui viens vers vous, dans des dispositions tout amicales, la peur me ferait commettre quelque maladresse. (Siete-Iglesias fait un mouvement assez résolu, Pontis met le pistolet à la main. Au comte.) Ne jouez pas avec mes paroles ; si vous n'êtes pas assis dans cinq secondes, je vous casse la tête.

LA MARQUISE, tremblante, au comte. Asseyez-vous, c'est M. de Pontis... (Elle l'entraîne à l'autre bout de la chambre, à droite, aidée du maréchal.)

SIETE-IGLESIAS. Qu'est-ce que cela M. de Pontis, un fou ?...

LA MARQUISE, le faisant asseoir. Un terrible ! (D'Épernon, la marquise, le maréchal sont assis à droite.)

SIETE-IGLESIAS, assis. Est-ce lui qui nous a envoyé ces billets de convocation ?...

PONTIS, gracieux. Moi-même. (Il s'assied à gauche près de la table, sur laquelle il a placé ses pistolets.) Je suis un officier qui compte quelque vingt ans de services. Mon gouvernement de Grenoble ne me fait pas vivre, on ne me paye ni solde, ni pension, et, ce matin, quand j'ai réclamé, on m'a répondu que le dernier des quarante millions déposés par le feu roi dans la Bastille, venait d'être distribué par la reine mère à quatre personnes, à vous. Voilà, me suis-je dit, quatre personnes trop riches, et moi, je suis trop pauvre... partageons. (Rires ironiques.)

LE MARÉCHAL, à la marquise. Ce n'est qu'une spéculation...

SIETE-IGLESIAS. Mauvaise... car la peur que nous avons des pistolets de monsieur ne sera pas tellement durable que sa fortune soit faite au sortir d'ici, et, si nous refusons, nous tuera-t-il pour cela tous les quatre... ce ne serait pas raisonnable. (Rires, raillerie bruyante.)

PONTIS. Voilà précisément en quoi vous vous trompez... C'est que vous ne me refuserez pas.

D'ÉPERNON, se levant. Je serais curieux de savoir comment vous vous y prendrez pour me faire consentir ?

PONTIS, se levant. Vous allez le savoir tout de suite ! Je vous dirai : monsieur, votre part du million est plus à moi qu'à vous, car c'est un argent amassé par votre ancien maître, et vous savez parfaitement que, s'il ressuscitait, il ne vous le donnerait pas.

D'ÉPERNON. Et pourquoi, je vous prie ?

PONTIS. Parce que c'est vous, gouverneur de Guienne qui avez dressé, armé et envoyé à Paris, François Ravaillac !

D'ÉPERNON. Monsieur !...

PONTIS. Vous, qui dans le carrosse, côte à côte avec ce pauvre roi, l'occupiez à vous entendre pour qu'il ne se retournât pas pendant que Ravaillac le frappait... (Le roi se soulève et se retourne un moment.)

D'ÉPERNON. Misérable imposteur !...

TOUS. Imposteur !... (Ils se lèvent et s'avancent menaçants vers Pontis.)

PONTIS, les pistolets aux poings. Vous savez qu'au premier mouvement je couche sur le parquet M. d'Épernon et M. le comte, et je crois, sans vanité, que j'aurai bien raison tout seul de M. le maréchal d'Ancre... Silence donc, et poursuivons !

LA MARQUISE, grinçant des dents. Monsieur de Pontis !...

PONTIS. Madame, ne me faites pas dire ce que je sais de vos tendresses pour Ravaillac, des bons repas que vous lui payâtes chez la Vienne et de tous les rendez-vous que vous lui donnâtes avec M. d'Épernon dans le jardin qui est là sous les fenêtres.

LA MARQUISE, terrifiée. Oh !... (Elle se serre éperdue contre Siete-Iglesias. Le comte se lève les poings fermés, l'œil étincelant et s'approche lentement de Pontis.)

PONTIS. Ah ! vous devinez que c'est votre tour, comte de Siete-Iglesias... vous savez deviner, vous, c'est votre génie ! Fut-il jamais un pareil monstre d'audace et de perversité. C'est toi qui vins chez nous, avec ton éternel sourire, avec ton regard aigu et fixe, choisir l'endroit mortel où l'on pourrait frapper la France. Tu as trouvé que c'était au cœur du roi ! C'est toi qui, le 14 mai, déguisé en charretier de Beauce... (Siete-Iglesias bondit.) Ah ! tu rugis !... tu comprends !... c'est toi qui conduisais le chariot de foin qui a barré le passage au carrosse royal.... Derrière ce chariot, tu voyais l'assassin monter sur la roue du carrosse, tu le voyais frapper, tu regardais s'il frappait bien au cœur. (Il s'est oublié un moment, Siete-Iglesias en profite, et s'élance sur lui prompt comme l'éclair, Pontis lui appuie un pistolet sur la poitrine.) Je t'ai déjà dit de ne pas faire un geste, ou je t'abats à mes pieds. (Siete-Iglesias recule pâle de fureur.)

LE MARÉCHAL, approchant à son tour. Mais moi, vous m'avez fait venir, de quoi donc oseriez-vous m'accuser ?

PONTIS. C'est vous qui me provoquez, quelle faute !

LE MARÉCHAL. Je vous défie ! (Il vient s'asseoir en face de Pontis.)

PONTIS. J'accepte. En 1610, on avertit le roi que la reine, sa femme, écrivait secrètement aux princes de l'Europe, ennemis de la France, et que ces intrigues avaient pour but de porter le roi à faire la paix... Il voulut savoir; voici ce qu'il imagina. Il choisit un de ses gardes, et le cacha un matin dans la chambre de la reine, sous le lit même de Sa Majesté. (Le maréchal se retourne troublé et se remet aussitôt.) C'était le 14 mai. D'abord le garde ne vit rien, mais quand le roi fut sorti, après avoir embrassé mille fois ses enfants et la reine qui recevait presque impatiemment ses déchirants adieux ; quand Marie de Médicis

fût seule, elle se mit à table, pensive, agitée, fiévreuse, et commença une lettre interrompue souvent... Quatre heures sonnaient... l'heure même, l'heure précise à laquelle Ravaillac frappait ! (La marquise se lève.) A laquelle votre cœur battait d'espoir, madame la marquise ; à laquelle, vous, monsieur d'Épernon, vous détourniez l'attention du roi, à laquelle vous, monsieur le comte, vous regardiez de loin, adossé à votre charrette... Eh bien, à cette même heure, qui sonnait dans la chambre, bien avant qu'un oiseau eût eu le temps d'apporter la nouvelle, la porte d'un cabinet s'ouvrit, une tête d'homme s'y encadra, pâle, effarée, comme l'est en ce moment la vôtre, monsieur le maréchal, et cet homme montrant du doigt l'horloge, jeta à voix basse à la reine ces deux mots italiens : É ammazzatto... il est assassiné !

LE MARÉCHAL, se dressant livide. Mensonge ! mensonge ! (Le roi s'est levé aussi, pâle et le visage égaré par la douleur.)

PONTIS, au maréchal. Eh bien, voilà que vous vous accusez vous-même, je ne vous ai pas encore nommé.

LE ROI. Oh ! (Il pousse un long gémissement qui fait tressaillir Pontis.)

LE MARÉCHAL, à ses amis consternés. Messieurs, c'est un blasphème !

PONTIS. L'homme disparut... La reine s'enfuit, le garde, écartant les rideaux, alla prendre sur la table la lettre commencée, et la cacha dans sa poitrine supposant bien qu'elle servirait un jour...Ce garde c'est moi, j'ai la lettre du 14 mai, et je vous demande si le récit que je viens de vous faire appuyé de ce témoignage précieux ne vaut pas un morceau du million dans lequel vous avez mordu tous les quatre. (Stupeur des quatre accusés, ils se regardent éperdus.) Je veux cent mille écus pour quitter la France... je serai demain à huit heures au pont tournant du Louvre, attendant celui qui m'apportera la somme... A celui-là, je remettrai la lettre, et tout sera fini... mais si à huit heures, je ne vois personne, je traverse le pont du Louvre et vais tout raconter au roi... (Les quatre accusés s'entre-regardent, se consultent, se taisent.) Leur silence !... ma cause est gagnée. (Le roi écoute aussi et s'essuie le front.)

SIETE-IGLESIAS, se détache du groupe. Cette lettre de la reine ne prouve absolument rien. Mais, tombée en des mains perfides, elle suffirait à compromettre notre illustre et irréprochable maîtresse... Elle vaut plus de cent mille écus pour ses amis, monsieur; apportez-la demain à M. le maréchal ou à moi, vous recevrez cinq cent mille livres.

PONTIS. C'est dit !

SIETE-IGLESIAS. Vous serez seul... c'est indispensable...

PONTIS. Tout seul.

LE MARÉCHAL. Moi, j'ai toujours ma suite.

SIETE-IGLESIAS. Moi aussi, vous ne vous étonnerez pas.

PONTIS. Nullement. (A part.) Il s'agit de faire retraite maintenant...

LA MARQUISE, bas à Siete-Iglesias. Vous le laissez partir ?

SIETE-IGLESIAS. Il est encore temps. (Pendant ce temps, Pontis s'est jeté d'un bond derrière la porte qu'il ferme, et quand ses adversaires s'élancent de ce côté et ouvrent, ils ne voient plus que la fenêtre ouverte par laquelle Pontis a disparu !) Ce n'est pas de l'argent que cet homme est venu chercher ici !... (A droite s'est levé le roi frémissant et pâle, près duquel revient Pontis.)

SCÈNE III

LE ROI, PONTIS.

PONTIS. Ai-je tenu ce que j'avais promis ?...

LE ROI. Oui !...

PONTIS. Qu'ordonne Votre Majesté !...

LE ROI. Ceci entre nous et Dieu ! (Pontis s'incline.)

PONTIS. Ensuite ?...

LE ROI. Vous passerez la nuit dans ma chambre au Louvre, et demain, à pareille heure !...

PONTIS. Demain, Votre Majesté sera roi.

LE ROI, menaçant. Oh oui ! venez !... (Ils sortent.)

ACTE CINQUIÈME

ONZIÈME TABLEAU

La chambre des coussins.

Salle haute tendue de brocard avec grandes moulures sculptées. — Grande fenêtre au fond. — Plafond de chêne sculpté massif, à larges caissons peints et dorés. — Aucun meuble. — Des fourrures, des tapis, des coussins de duvet jonchant le parquet d'une riche marqueterie. — A droite, porte à deux battants, ouvrant sur une grande galerie dont on voit la cheminée, les ornements précieux et l'issue. — A gauche, porte à un seul vantail, qui ferme un grand cabinet tapissé de robes orientales, d'étoffes, de tentures; ce cabinet occupe un cinquième environ de la scène. La porte s'ouvre au moyen d'un ressort.

SCÈNE PREMIÈRE

SYLVIE, seule. La porte à droite s'ouvre lentement. — Sylvie paraît, des clefs à la main, hésitante, émue, elle tarde à entrer. Je me reconnais !... Il y avait une cheminée. (Se retournant vers le vestibule.) La voici ; une fenêtre à droite... oui ; ce plafond aux massives dorures... cette jonchée profonde de fourrures et de tapis... c'est cela, c'est cela !... C'est ici que le comte m'avait conduite !... Pourquoi ma destinée me ramène-t-elle sans cesse à ce honteux souvenir...

SCÈNE II
SYLVIE, LA VIENNE.

LA VIENNE, du vestibule. Mignonne ! où es-tu ? mignonne.
SYLVIE. Mon mari !... (Elle veut fuir épouvantée.)
LA VIENNE. Je vous trouve enfin, je vous ai assez cherchée, vous m'avez fait assez peur !...
SYLVIE. Qu'avez-vous ?...
LA VIENNE. Vous ne savez donc pas ce qui se passe ?...
SYLVIE. Non !...
LA VIENNE. Des choses terribles... On parle de coups de feu tirés au pont tournant du Louvre, d'arrestations, de massacres... votre frère Hugues est allé aux nouvelles...Mais comment vous trouvé-je dans le pavillon secret de la marquise ? — Oui ! oui !... mes clefs, vous avez profité de mon absence, friponne ! Bien vous prend de n'avoir pas été rencontrée; savez-vous que madame de Verneuil, n'a jamais confié de clef de cette chambre qu'à moi pour mon service, à M. de Siete-Iglesias pour ses amours...
SYLVIE. Partons... monsieur, partons...Eh bien ?...
LA VIENNE, écoutant. On ouvre la porte d'en bas.
SYLVIE. Quelqu'un monte.
LA VIENNE. La marquise, peut-être ! me voilà bien !
SYLVIE. Voyons, décidez quelque chose.
LA VIENNE, poussant le secret de la porte du cabinet. Ici, ici !... Sylvie entre dans le cabinet à gauche.)

SCÈNE III
LA VIENNE, LA MARQUISE, SYLVIE, cachée.

LA MARQUISE. Toutes les portes ouvertes !
LA VIENNE, s'offrant à elle. Madame...
LA MARQUISE. Toi, à pareille heure !
LA VIENNE. Je rangeais, j'apprêtais !...
LA MARQUISE. Ah !
LA VIENNE. Madame a du feu, là, dans la cheminée du salon.
LA MARQUISE. Va-t'en !...
LA VIENNE, qui perd la tête. Du feu ?...
LA MARQUISE. Qu'as-tu donc ?... Je te trouve singulier...
LA VIENNE, hébété de peur. On le serait à moins...
LA MARQUISE. C'est vrai !... (A la Vienne.) Je suis bien seule, je suppose !...
LA VIENNE. Ah ! par exemple !...
LA MARQUISE. C'est bon, va !...
LA VIENNE. Madame n'a pas besoin de...
LA MARQUISE. Je te dispense de revenir.
LA VIENNE. Ah! mon Dieu ! ah ! mon Dieu ! (Il sort.)

SCÈNE IV
LA MARQUISE, SYLVIE, cachée.

La marquise, restée seule, promène autour d'elle un long regard. Elle va fermer la porte de droite, puis revient vers le cabinet où est cachée Sylvie ; celle-ci regarde à travers la serrure, et, voyant la marquise venir droit à elle, elle se réfugie précipitamment sous les robes et étoffes suspendues au mur. La marquise, entrée dans le cabinet, appuie la main sur un bouton à sa gauche — et Sylvie, à laquelle elle tourne le dos, l'observe curieusement. — Sous la pression de la main un ressort joue, des engrenages se mettent en mouvement. Le plafond de bois doré descend lentement, Sylvie le voit s'abattre à travers la porte demeurée ouverte. — En haut est resté un autre plafond absolument pareil au premier. — Une fois que le plafond descendu est devenu plancher, jonché de tapis et de fourrures, comme celui qu'il recouvre, la marquise, sortant du cabinet, vient écarter les pelleteries à un certain endroit, ouvre, à l'aide d'une clef, l'un des caissons du parquet, en tire un coffret, deux sacs de cuir, quelques lourds joyaux qu'elle emporte dans le cabinet. Là elle presse de nouveau le ressort à gauche, et le plafond remonte à sa place, alors, la marquise, avec son butin, traverse la chambre, rouvre la porte de droite, sort, la referme et disparaît. — Sylvie a suivi chaque détail de cette scène, elle s'approche du ressort qu'elle examine avec une sorte d'effroi superstitieux. Sa stupeur est au comble. Elle sort du cabinet toute pensive.
SYLVIE. La porte d'en bas se ferme; la marquise est partie !..

SCÈNE V
SYLVIE, LA VIENNE, HUGUES

LA VIENNE, égaré. Ah ! c'est fait de nous ! je suis ruiné !
SYLVIE. Quoi donc ?...
HUGUES. Le maréchal d'Ancre, tué à coups de pistolet par ordre du roi, au moment où il passait le pont tournant... M. Siete-Iglesias disparu, arrêté, sans doute. La reine mère gardée chez elle. La maréchale en prison... M. d'Épernon proscrit, leurs partisans massacrés ou en fuite !...
SYLVIE. Voilà pourquoi la marquise venait prendre de l'argent ici !
LA VIENNE. Dans la cachette du plafond, n'est-ce pas ?... Il y a ici tant d'argent à elle. Eh bien, écoutez ceci : « Édit du roi !... défense à qui que ce soit de détenir les meubles ou deniers des amis ou partisans du maréchal. » Tenez ! on le crie, là, rue Saint-Antoine... (Son de trompe du crieur.)
SYLVIE. Il faut recueillir tout cet argent et le rendre au roi.
LA VIENNE. Défoncer le plancher ! briser les lambris !... et si la marquise revient jamais, elle me fera assassiner !... Partons ! partons !
HUGUES, qui a regardé par la fenêtre. Beau-frère !... les gens du roi !... les gens du roi !
SYLVIE. Voyez-vous ?...
LA VIENNE. Les gens...
HUGUES. Des soldats, des archers qui viennent faire perquisition sans doute !...
LA VIENNE. Et sous prétexte de rechercher le trésor de la marquise, ils vont tout saccager, tout piller chez moi !... N'étiez-vous pas au service du maréchal ?... N'étais-je pas de l'ancienne cour ?...
HUGUES. Les voici ! Ils nous cherchent !
LA VIENNE. Je suis un homme mort, mignonne, cachez-moi ! la clef de la cave !...

SCÈNE VI
LES MÊMES, MARGUERITE, Officiers, Soldats.

MARGUERITE, à l'officier. Monsieur, veillez à la sûreté de cette maison. Sa Majesté entend qu'on la respecte.
LA VIENNE, HUGUES. Madame la comtesse !
SYLVIE. Madame !
MARGUERITE. Bonjour, Sylvie !... tu vois que je n'ai pas oublié la protectrice de Bernard et de mon petit Aubin. (A l'officier.) Monsieur remettez l'enfant à M. de Pontis, son oncle, auquel le roi accorde la liberté de M. Preuil... (A Sylvie.) Je veux qu'Aubin, soit le premier à embrasser son frère lorsqu'il sortira de la Bastille...
SYLVIE. Le roi est donc vainqueur ?
MARGUERITE. Une victoire foudroyante, dix années de honte expiées en dix minutes. Entendez-vous ces grondements lugubres ?... C'est la foule ivre de vengeance qui traîne, dans la rue, le cadavre en lambeaux de M. le marquis d'Ancre. (Rumeurs lointaines.)
HUGUES, effrayé. Mon ancien maître !
LA VIENNE, dont les dents claquent. Ma meilleure pratique !
MARGUERITE. Rassurez-vous, vous êtes sous la protection de la reine ; seulement, obéissez à l'édit...
SYLVIE. Vous entendez ?... Allons !
LA VIENNE. A l'instant... je parie pour deux millions !
HUGUES. Je vais chercher des outils dans la serre. (Il sort.)
LA VIENNE. On va faire un peu sauter les sacs de la marquise !... A bas les traîtres !... Vive le roi !... (Il sort.)

SCÈNE VII
MARGUERITE, SYLVIE.

MARGUERITE, près de la fenêtre. La punition de ce malheureux est affreuse !...
SYLVIE, s'approchant. Est-ce le seul qui ait été puni ?...
MARGUERITE. Non, Sylvie !...
SYLVIE. Celui dont je veux parler... qu'est-il devenu ?...
MARGUERITE. Le roi, rentré à une heure fort avancée de la nuit, s'est enfermé dans sa chambre, fiévreux, farouche, sans dire un mot à la reine. Nous attendions palpitantes. Des pas pressés, des chuchotements sinistres, des chocs d'épées, le bruit sonore des armes que Luynes et son frère distribuaient à nos amis... la nuit s'acheva dans ces sombres préparatifs. Chez la régente, le calme, le sommeil, la certitude du succès, pas un soupçon. Au matin, la reine et moi nous guettions à la fenêtre du quai, lorsque nous vîmes, dans le brouillard, M. de Pontis adossé au pilier du pont tournant. Il attendait... aussitôt arrivèrent le maréchal et le comte avec une suite nombreuse. Ils marchèrent droit à Pontis, comme s'ils le menaçaient ; soudain, sur un signal de Vitry, plusieurs coups de feu éclatent, le maréchal tombe. Pontis reste debout, le comte s'échappe dans la fu-

mée, je le revois qui fuyait vers une masure de pierre où, quelque temps, il se défendit en désespéré contre une troupe d'assaillants furieux; son sang ruisselait par plusieurs blessures. Il tenait toujours. Enfin, la masure s'écroula, l'entraîna en tombant dans la rivière, ou tout s'abîma au milieu d'un tourbillon de vapeur et de fumée.

SYLVIE, haletante. Il est mort...

MARGUERITE. Oui, je sentis la reine qui m'embrassait, me félicitait, peut-être; je me retirai glacée, à moitié évanouie. Ce spectacle épouvantable est encore là, devant mes yeux... Je le fuis, je me fuis moi-même, et toi...

SYLVIE. Moi, je pardonne au mort, jamais je n'eusse pardonné au vivant! Dieu soit loué! la victoire de la reine est complète!

MARGUERITE. Pas encore! Il reste le dernier obstacle, le plus formidable; la reine mère! acceptera-t-elle sans vengeance la ruine et la mort de ses amis? Son fils ne va-t-il pas la plaindre, maintenant qu'elle semble abandonnée?... Ne va-t-elle pas le ressaisir!... Voilà pourquoi nous nous sommes tant hâtées, la reine et moi, de délivrer Bernard, de rendre Aubin à son oncle. Qu'ils partent vite! qu'ils se mettent pour jamais à l'abri!... Quant à moi, l'escorte que m'a donnée la reine va me conduire aux Bénédictines de Saint-Maur, où je me retire pendant mon deuil. Tu viendras m'y voir, tu me parleras de nos amis que pendant longtemps peut-être, je dois tenir éloignés. Ah! Sylvie, j'ai le cerveau assiégé d'images funèbres; mais j'ai le cœur léger, l'âme épanouie; je frissonne, tu vois, je pleure; mais je respire à longs traits. Le nuage noir, c'était hier; l'azur, le soleil, c'est demain!

SYLVIE. Libre, sans tache, oh! que vous êtes heureuse!... (La nuit tombe peu à peu.)

MARGUERITE. A-t-elle passé vite, cette effrayante journée! Comme il est tard. Accompagne-moi jusqu'à mon carrosse. Viens! (On entend fermer la porte d'en bas.) Quoi donc?

SYLVIE. Sans doute mon frère et mon mari qui viennent tirer de ce plafond les trésors de la marquise pour les rendre au roi d'après l'édit...

MARGUERITE. Eh bien, partons. (Elle s'avance assez loin.)

SYLVIE, l'arrêtant. On dirait le bruit d'un éperon.

MARGUERITE. Oui...

SYLVIE. Mon frère n'a pas d'éperons. (Une ombre humaine paraît au fond du salon voisin.)

MARGUERITE. Je vois pourtant un homme!

SYLVIE. Ce n'est pas mon frère.

MARGUERITE. Qui donc?...

SYLVIE. Attendez, je vous prie.

MARGUERITE. Il s'arrête devant la cheminée. (Il fait nuit noire, elles sont dans l'ombre la plus épaisse.)

SCÈNE VIII

MARGUERITE, SYLVIE, dans la chambre, SIETE-IGLESIAS, il se baisse devant la cheminée du salon voisin. Il avive le feu de son souffle. A la lueur du brasier qui éclaire son visage, les deux femmes le reconnaissent.)

SYLVIE. Lui!...

MARGUERITE, le lui montrant. Sylvie! (Elles reculent de la fenêtre au mur de gauche.)

SIETE-IGLESIAS, il est ruisselant d'eau, tâché de boue et de sang, les cheveux collés au front, brisé de fatigue. Il vient s'adosser au chambranle de la porte. Je suis bien blessé, j'ai bien froid, j'ai bien faim, mais je suis vivant... (Il s'assied avec délices à l'angle de cette porte, intérieurement.) A deux pas d'ici, chez la Vienne, j'ai pourtant, si je voulais, la chair la plus délicate, les vins les plus exquis; mais comme il me trahirait, ce bon la Vienne, comme elle me vendrait avec joie, cette chère Sylvie! Non! mieux vaut souffrir, mieux vaut aller jusqu'au seuil de la mort et rebondir après! (Il se soulève et étanche le sang de ses blessures en retournant vers la cheminée. Les deux femmes le voyant s'éloigner, se rapprochent de la petite porte à gauche.)

MARGUERITE, à Sylvie. Pas d'autre issue?...

SYLVIE. Non!...

MARGUERITE. Cette fenêtre?...

SYLVIE. Il entendrait!...

SIETE-IGLESIAS, revenant. Quand j'aurai respiré une heure, quand j'aurai pris dans la cachette du plafond l'argent nécessaire à mon voyage, je sors, je gagne les champs derrière Charenton. Là, je trouverai bien un cheval, et alors!... Oh! les belles vengeances, les beaux coups à frapper, quand de loin, invisible (ricanant), du fond de ma tombe, je les exterminerai tous, choisissant à mon loisir... Ah! Marguerite!... ah! Sylvie!... ah! Pontis!... ah! Bernard! la préférence pour mes amis!... Les autres, les grands, viendront après! (Marguerite, Sylvie, adossées au mur et se rapetissant dans l'ombre, se tiennent muettes, chancelantes près de défaillir. On entend à droite la voix de Hugues qui chante

en se rapprochant. On voit le reflet de la lumière qu'il apporte.) Hein?... qui donc? (Il regarde.) Hugues?

SYLVIE, à Marguerite, bas. Hugues!...

MARGUERITE. Appelons-le!

SYLVIE. Chut!...

SIETE-IGLESIAS. Attends!... (Il s'élance vers la porte de droite qu'il referme précipitamment aux verrous. Les deux femmes se voyant enfermées avec lui, font un mouvement vers la porte du cabinet, Sylvie l'ouvre y pousse sa compagne et s'y jette derrière elle. Au bruit qu'elles ont fait, Siete-Iglesias se retourne, court à cette porte, un verrou claque dans sa gâche. On voit sous la porte à droite la lumière de la lampe de Hugues.) Il y avait quelqu'un ici!

HUGUES, derrière la porte. Eh bien!... tu t'enfermes?...

SIETE-IGLESIAS. Qui donc?...

HUGUES, de même. N'aie pas peur, c'est moi; j'ai un peu tardé, parce que la serre était fermée et qu'il m'a fallu aller chercher la clef à la maison. Ouvre donc, Sylvie!

SIETE-IGLESIAS. Sylvie! c'était Sylvie qui m'a vu, entendu, qui me dénoncera!...

HUGUES, de même. Madame, vous savez, que l'escorte vous attend en bas; Sylvie, dis-le donc à madame de Siete-Iglesias.

SIETE-IGLESIAS. Et Marguerite! toutes les deux! Ici, ce coquin qui me ferme le passage. J'ai bien la fenêtre, oui, mais l'escorte, et puis, cet argent!... (Allant à la porte de gauche et à voix basse.) Marguerite, Sylvie, je sais que vous êtes là, ouvrez-moi, que je prenne seulement de l'argent, je ne vous ferai pas de mal, ouvrez donc, je vous prie, ouvrez donc!

HUGUES. Sylvie! madame la comtesse, oh! mais il y a quelque chose! (Il frappe énergiquement.)

SIETE-IGLESIAS, à gauche. Vous n'ouvrez pas!

SYLVIE, éperdue, à pleine voix. C'est le comte! au secours! Hugues! à nous!

HUGUES. Le comte! ah! nous allons voir!... (Il attaque la serrure à coups de ciseau et de pince.) Beau-frère, à moi!

SIETE-IGLESIAS, à Hugues. Toi! si tu entres, tu es mort; mais avant, j'ai le temps d'en finir ici! c'est vous qui l'avez voulu!... (Il fouille la porte avec son poignard et en arrache des éclats de bois.)

SYLVIE. Perdues!...

MARGUERITE. Je meurs! Bernard! Bernard! adieu! je t'aimais!... (Elle tombe sans connaissance, le panneau a été troué à jour, le bras armé de Siete-Iglesias y passe et touche presque Sylvie. Celle-ci, au moment où Marguerite est tombée, se jette de côté, se dresse pâle, agitée par le fanatisme de la haine, de l'amitié, par la terreur. Elle appuie la main sur le ressort du plafond.)

SIETE-IGLESIAS, au bruit. Elle ouvre, enfin! non, non, qu'est-ce donc? (Il recule, lève les yeux, voit au-dessus de lui l'ombre noire du plafond qui descend.) Les misérables lâches!... (Il court à la fenêtre, elle est déjà coupée à sa partie supérieure par d'immense trapèze, elle ne peut plus s'ouvrir. Il enfonce le chassis de plomb pour passer plus bas, le balcon fait obstacle, hurlement de rage. Il court à la porte de gauche.) Je passerai là sur son corps! (La porte aussi est condamnée par le plafond qui descend toujours, il se précipite vers la porte de Sylvie, mais déjà il atteint le plafond de ses deux mains. Il le repousse de ses bras qui plient. Il se courbe, puis, tombe à genoux, puis sur ses mains, puis se roidissant avec des imprécations et des blasphèmes. Enfin, il vient rouler, sa tête en avant sous la masse énorme qui le couche tout de son long, et l'absorbe. Aussitôt que le plancher a touché terre, Sylvie sort du cabinet pâle, l'œil hagard, la bouche ouverte, laissant Marguerite évanouie. Hugues, libre d'ouvrir, à son tour se précipite vers elle et la prend dans ses bras. La Vienne reste glacé sur le seuil.)

DOUZIÈME TABLEAU

Galerie extérieure au Louvre. — Au fond, à droite, grand escalier plongeant qui aboutit aux cours. — Grand balcon à gauche. — Vaste perspective sur Paris, le Pont Neuf, Notre-Dame.

SCÈNE PREMIÈRE

CADENET, COURTISANS, DAMES.

Au lever du rideau, grand bruit d'acclamations lointaines. Le roi passe la revue des gardes dans le jardin des Tuileries. La galerie est pleine de groupes de gentilshommes et de dames qui regardent. Tambour, vivat. Bruit d'armes et de foule en bas.

CADENET, brillant, somptueux. La belle revue... le splendide spectacle! voyez donc cette noblesse, cette armée, ce peuple, comme ils se pressent autour du roi, ils vont étouffer son cheval!... (Il descend avec ses amis, acclamations bruyantes.)

SCÈNE II

LA REINE MÈRE, L'ÉVÊQUE DE LUÇON.

LA REINE MÈRE, sortant de chez elle, à droite. Hier, tout ce bruit, toute cette pompe étaient pour moi... Monsieur de Luçon, informez-vous si le roi songe à me répondre... Je lui ai fait demander une entrevue par M. de Luynes.

La réponse tarde bien! hâtez-la, je vous prie... (L'évêque sort. Bruits, acclamations.) Les révolutions de cour! souffle changeant au courant duquel il suffit de savoir se ranger à propos... (Acclamations.) Si mon fils allait refuser de m'entendre... Non, Louis n'a fait tout cela que par orgueil... Anne ne le lui a conseillé que par ambition, flattons cette ambition!... caressons cet orgueil. Demain, ces enfants-là seront bien embarrassés de leur sceptre!... on me retrouvera... que je voie seulement mon fils!... (A l'évêque.) Eh bien, monsieur de Luçon... ah! voici, M. de Luynes... Eh bien?

SCÈNE III

Les Mêmes, LUYNES, magnifique habit de premier gentilhomme.

LUYNES. Madame, le roi verra Votre Majesté à son retour dans la galerie.

LA REINE MÈRE, avec joie. Ah! je vais donc pouvoir dissiper par une explication affectueuse les tristes nuages que soulevaient entre lui et moi, des ennemis qui n'y sont plus.

LUYNES. Madame, le roi désire qu'il ne soit échangé dans cette entrevue que des paroles convenues, écrites d'avance... C'est l'avis de son conseil.

LA REINE MÈRE, après un mouvement. Acceptons toujours.

LUYNES, lui donnant une note. Voici la phrase que doit prononcer Votre Majesté. Voici la réponse que fera le roi.

LA REINE MÈRE. Ces lignes insignifiantes?...

LUYNES. L'audience est publique, madame.

LA REINE MÈRE. Pourquoi? je la veux intime, secrète même...

LUYNES. Elle doit être publique, comme il est d'usage... pour les adieux de la cour.

LA REINE MÈRE. Les adieux?... quels adieux?...

LUYNES. Votre Majesté oublie qu'elle a commandé ses équipages.

LA REINE MÈRE. Moi!...

LUYNES. Et qu'elle part pour le château de Blois!...

LA REINE MÈRE Monsieur!... (A part.) L'Espagnole se venge!... (Haut.) Mais jamais je n'accepterai ces conditions humiliantes... jamais!... jamais!... (Elle jette avec rage le papier qu'on lui a remis.)

LUYNES. Vous partirez donc, madame, sans voir Sa Majesté; je vais l'en avertir!

LA REINE MÈRE. Je veux voir mon fils... je veux le voir! j'accepte.

LUYNES, ramasse et lui rend le papier. La revue est terminée, voici le roi qui rentre.

LA REINE MÈRE. Je vais le tenir sous mon regard! sous mon baiser... Bruit. Mouvement d'armes. Le tambour bat, le canon retentit; les musiques jouent, acclamations enthousiastes. Le roi remonte, la reine est à ses côtés, triomphante. Toute la cour les précède et les suit.

SCÈNE IV

LA REINE MÈRE, LE ROI, ANNE, LUYNES, CADENET, PONTIS, Officiers, Gardes, Courtisans, Dames, Pages, Soldats, Foule, puis BERNARD et AUBIN.

Le roi et la reine traversent la galerie au milieu de l'enivrement général; arrivés à l'extrémité à gauche, le roi s'arrête; Luynes lui désigne la reine mère qui attend, silence profond. Luynes vient chercher la reine mère; celle-ci s'essuie fréquemment les yeux à l'avance.

LUYNES. Lisez, madame.

LA REINE MÈRE, lisant, au roi. « Monsieur, je regrette bien de n'avoir pas, pendant ma régence, gouverné votre État plus à mon gré... (Sanglotant.) J'y ai pourtant apporté tout le soin possible. Je vous supplie... (S'interrompant.) Sire!... (Regard froid, surpris du roi, elle lit.) « De me tenir toujours pour votre très-humble mère... et servante... » (Elle s'arrête suffoquant.)

LE ROI. Je vous remercie, madame, du soin que vous avez pris d'administrer mon royaume. J'en suis satisfait et vous supplie de croire que je serai toujours votre très-humble fils... (Elle s'approche pour l'embrasser; il reste immobile et glacial.)

LA REINE MÈRE Mon fils!... permettez-moi, maintenant... (Le roi fronce le sourcil et détourne la tête.) Quoi! je pars!... mais qu'ai-je donc fait!... (Le roi s'écarte brusquement; le mouvement qu'il a fait découvre Pontis qui la regarde fixement. Cette figure pâle, austère, frappe la reine mère comme un coup de foudre. Elle se souvient; elle comprend, elle sent peser sur elle le regard inexprimable de son fils et celui de Pontis.) Je l'avais donc bien vu!... (Elle se courbe et se retire lentement. En se retournant, elle trouve sur son passage la reine Anne qui triomphe; cette vue l'achève, elle se redresse un moment pour braver; puis, descend morne et chancelante l'escalier par lequel la conduit Luynes avec quelques courtisans; elle sort; Anne se penche au balcon.)

CRIS ENTHOUSIASTES. Vive la jeune reine! vive le roi!

LE ROI, à Pontis. Ai-je tenu ma parole?...

PONTIS. Fils et roi, Votre Majesté a fait son devoir.

LE ROI. Comme roi pas encore, puisque vous n'êtes pas encore récompensé. Tous mes amis ont déjà leur part, Luynes est premier gentilhomme, Cadenet sera duc, Vitry est maréchal de France, votre bâton est prêt, Pontis, ne l'avez-vous pas bien gagné?

PONTIS, doucement. Non, sire... vos amis n'ont fait qu'attendre et exécuter vos ordres... Moi, je vous ai dénoncé les victimes, je les ai jetées sous la hache... toute récompense que j'accepterais serait le prix du sang... Oubliez-moi, sire, et, tenez, ne me revoyez plus; je suis le passé lamentable et sombre... Ces jeunes gens sont l'avenir joyeux!

LE ROI. J'ai pour vous de la reconnaissance et du respect... Où sont vos neveux?...

PONTIS, présentant Bernard et Aubin vêtus de deuil. Deux orphelins... les voici!

LE ROI, à Bernard. Vous êtes habile oiseleur, si j'ai bonne mémoire. Luynes, premier gentilhomme, voilà sa charge de fauconnier vacante, je vous la donne!

BERNARD. Sire!...

ANNE, amenant Marguerite qui se courbe tremblante et cherche à se dérober. Sois donc près de moi, au jour de la victoire, comme tu y fus, dans nos longs jours d'adversité!... (Au roi.) Sire! voilà notre fidèle, notre vaillante amie, la comtesse de Siete-Iglesias... (Marguerite se met à genoux devant le roi.)

LE ROI, la relevant. Vous êtes et serez toujours la bienvenue chez moi, seulement, changez de nom, madame.

ANNE, avec un regard à Bernard qui dévore des yeux cette scène. Nous te choisirons un nom français!... (Elle embrasse Marguerite et va s'appuyer au bras du roi. Aubin, pendant ce temps, prend et baise les mains de Marguerite.)

PONTIS, qui a tout observé, avec mélancolie. O jeunesse, éternelle floraison, renaissance éternelle! voilà de jeunes cœurs qui se cherchent... un rayon de soleil, un sourire, et la vie va refleurir sur les tombes! (Le roi et la jeune reine traversent les groupes, en saluant; toutes les épées brillent.)

TOUS. Vive le roi Louis XIII!... vive la reine!...

FIN.

BIBLIOTHÈQUE CONTEMPORAINE ET COLLECTION DE LA LIBRAIRIE NOUVELLE
Format grand in-18, à 3 francs le volume

EDMOND ABOUT vol.
Lettres d'un Bon jeune homme à sa cousine. — 2e édition. 1
Dernières lettres d'un bon jeune homme à sa cousine. 1
AMÉDÉE ACHARD
Les Châteaux en Espagne. 1
Les Rêveurs de Paris. 1
***
Varia. — Morale. — Politique. — Littérature. 5
ALFRED ASSOLLANT
D'Heure en Heure. 1
XAVIER AUBRYET
Les Jugements nouveaux. 1
***
Les Zouaves et les Chasseurs à pied. 1
L'AUTEUR
Des études sur la marine.
Guerre d'Amérique. — Campagne du Potomac. 1
J. AUTRAN
Épîtres rustiques. 1
Laboureurs et soldats. 1
Les Poèmes de la mer. 1
La Vie rurale. 1
LE COMTE CÉSAR BALBO
Traduction J. Amigue
Histoire d'Italie. 1
J. BARBEY D'AUREVILLY
Les Prophètes du passé. 1
ALEXANDRE BARBIER
Lettres familières sur la Littérature. 1
J. BARTHÉLEMY SAINT-HILAIRE
Lettres sur l'Égypte.. 1
CH. BATAILLE ET RASETTI
Antoine Quérard.—Drames de village. 2
L. BAUDENS
La Guerre de Crimée. 1
GUSTAVE DE BEAUMONT
L'Irlande sociale, politique et religieuse. 2
ROGER DE BEAUVOIR
Les Meilleurs fruits de mon panier. 1
LA PRINC. DE BELGIOJOSO
Asie Mineure et Syrie. 1
Scènes de la vie turque. 1
GEORGES BELL
Voyage en Chine. 1
LE MARQ. DE BELLOY
Traducteur
Théâtre comp. de Térence. 1
HECTOR BERLIOZ
Grotesques de la musique. 1
Les Soirées de l'orchestre. 1
A travers chants. 1
CHARLES DE BERNARD
Nouvelles et Mélanges. 1
Poésies et Théâtre. 1
EUGÈNE BERTHOUD
Un Baiser mortel. 1
Secret de Femmes. 1
H. BLAZE DE BURY
Le Chevalier de Chasot. 1
Écrivains et Poètes de l'Allemagne. 1
Épisode de l'Histoire du Hanovre. 1
Intermèdes et Poëmes. 1
Souvenirs et Récits des campagnes d'Autriche. 1
***
Hommes du Jour.—2e édit. 1
Les Salons de Vienne et de Berlin. 1
JULES BONNET
Aonio Paléario. — Étude sur la réforme en Italie. 1
LOUIS BOUILHET
Poésies. — Festons et Astragales. 1
FÉLIX BOVET
Voyage en Terre sainte. 1
A. BRIZEUX
Œuvres complètes. 2
LE PRINCE DE BROGLIE
Questions de religion et d'histoire. 2
AUGUSTE CALLET
L'Enfer. 1
J. DE CÉNAR (CARNÉ)
Pêcheurs et Pécheresses. 1
CLÉMENT CARAGUEL
Les Soirées de Taverny. 1
MICHEL CERVANTES
Traduction Alph. Royer
Théâtre. 1

CHAMPFLEURY vol.
Contes Vieux et Nouveaux. 1
Les Excentriques.-2e édit. 1
Mascarade de la vie paris. 1
A. CHARGUÉRAUD
Les Bâtards célèbres. 1
PHILARÈTE CHASLES
Souvenirs d'un médecin. 1
LE Cte DE CHEVIGNÉ
Contes rémois. — 4e édit. 1
F. CLAUDE
Les Psaumes. 1
Le Roman de l'Amour. 1
LOUISE COLLET
Lui. — 3e édition 1
EUGÈNE CORDIER
Le Livre d'Ulrich. 1
H. CORNE
Souvenirs d'un Proscrit. 1
CHARLES DE COURCY
Les Hist. du café de Paris. 1
VICTOR COUSIN
Philosophie de Kant. 1
Philosophie écossaise. 1
Philosophie sensualiste. 1
CUVILLIER-FLEURY
Études hist. et littéraires. 2
Nouvelles études historiques et littéraires. 1
Dernières études historiques et littéraires. 1
Historiens, poètes et romanciers. 2
Voyages et voyageurs. 1
LE GÉNÉRAL DAUMAS
Les Chevaux du Sahara. 1
PAUL DELTUF
Contes romanesques. 1
Récits dramatiques. 1
A. DESBARROLLES
Voy. d'un artiste en Suisse à 3 fr. 50 c. par jour 1
ÉMILE DESCHANEL
Causeries de quinzaine. 1
Christophe Colomb. 1
CHARLES DOLLFUS
Lettres philosophiques. — Révélations et Révélateurs 1
MAXIME DU CAMP
Expédition de Sicile. 1
E. DUFOUR
Les Grimpeurs des Alpes. 1
BENJAMIN DULAC
Une Aurore boréale. 1
ALEXANDRE DUMAS
Les Garibaldiens. 1
Théâtre, tome I à V 5
ALEX. DUMAS FILS
Contes et Nouvelles. 1
CAMILLE DUTRIFON
Edmée. 1
CHARLES EDMOND
Souvenirs d'un dépaysé. 1
MADAME ELLIOTT
Mém. sur la Révol. franç. 1
FEUILLET DE CONCHES
Léopold Robert. 1
OCTAVE FEUILLET
Bellah. 1
La Petite Comtesse. 1
Histoire de Sibylle. 1
Le Roman d'un jeune homme pauvre. 1
Scènes et Comédies. 1
Scènes et Proverbes.. 1
PAUL FÉVAL
Quatre femmes et un homme. — 2e édition. 1
ERNEST FEYDEAU
Alger. — Étude. 1
Un Début à l'Opéra. 1
Le Mari de la danseuse. 1
Monsieur de Saint-Bertrand 1
LOUIS FIGUIER
Les Eaux de Paris. 1
GUSTAVE FLAUBERT
Madame Bovary. 1
EUGÈNE FORCADE
Études historiques. 1
Histoire des causes de la guerre d'Orient. 1
VICTOR FRANCONI
Le Cavalier. 1
L'Écuyer. 1
ARNOULD FRÉMY
Les Mœurs de notre temps. 1
EUGÈNE FROMENTIN
Une Année dans le Sahel. 1
Un Été dans le Sahara. 1
LÉOPOLD DE GAILLARD
Questions italiennes. 1
P. GARREAU
Essais sur les premiers principes des sociétés. 1
AGÉNOR DE GASPARIN
Le Bonheur. — 2e édition. 1

Un Grand Peuple qui se relève. — 2e édition. vol. 1
***
Les Horizons célestes. — 1
Les Horizons prochains.— 1
Vesper. 1
Les Tristesses humaines. 1
BENJAMIN GASTINEAU
Les Femmes des Césars. 1
JULES GÉRARD
Le Tueur de Lions
Voyages et Chasses dans l'Himalaya. 1
LÉON GOZLAN
Balzac chez lui. 1
Histoire d'un diamant. 1
GRÉGOROVIUS
Traduction de F. Sabatier
Les Tombeaux des papes romains. 1
F. DE GROISEILLIEZ
Les Cosaques de la Bourse 1
Histoire de la chute de Louis-Philippe. 1
AD. GUÉROULT
Études de politique et de philosophie religieuse. 1
AMÉDÉE GUILLEMIN
Les Mondes. Causeries astronomiques. 1
M. GUIZOT
Trois générations : 1789-1814-1848. 1
LE Cte GUY DE CHARNACÉ
Études d'économie rurale. 1
F. HALÉVY
Souvenirs et Portraits. 1
Derniers souv. et portraits. 1
B. HAURÉAU
Singularités hist. et littér. 1
LE Cte D'HAUSSONVILLE
Histoire de la politique extérieure 1830-1848. 2
Histoire de la réunion de la Lorraine à la France. 4
***
Robert Emmet. — 2e édit. 1
Souvenirs d'une demoiselle d'honneur de la duchesse de Bourgogne.—2e édit. 1
HENRI HEINE
De la France.—Nouv. éd. 1
De l'Allemagne. 2
Lutèce. 1
Poëmes et Légendes. 1
Reisebilder, tabl. de voyage 2
CAMILLE HENRY
Le Roman d'une femme laide. — 2e édition. 1
Une Nouvelle Madeleine. 1
HOFFMANN
Traduction Champfleury
Contes posthumes. 1
ROBERT HOUDIN
Confid. d'un prestidigitat. 2
ARSÈNE HOUSSAYE
Mademoiselle Mariani. 1
CHARLES HUGO
Une Famille tragique. 1
UN INCONNU
Mons. X et Madame ***. 1
WASINGTON IRVING
Au bord de la Tamise. 1
ALFRED JACOBS
L'Océanie nouvelle. 1
PAUL JANET
La Famille. 1
LOUIS JOURDAN
Les Fem. dev. l'échafaud. 1
JULES JANIN
Barnave. — Nouv. édit. 1
Les Contes du chalet. 1
Contes fantastiques et contes littéraires. 1
Hist. de la litt. dramat. 6
KARL-DES-MONTS
Les Légendes des Pyrénées. — 4e édition. 1
ALPHONSE KARR
De Loin et de Près. 1
En fumant. — 2e édition. 1
Lett. écrites de mon jardin 1
Sur la plage. 1
LA BRUYÈRE
Les Caractères. 2
LAMARTINE
Les Confidences. 1
Geneviève, Histoire d'une Servante. 1
Nouvelles Confidences. 1
Toussaint Louverture. 1
PRINCE DE LA MOSKOWA
Souvenirs et Récits. 1
LANFREY
Les Lettres d'Everard. 1
VICTOR DE LAPRADE
Poëmes évangéliques. 1

Psyché.
Les Symphonies.—Idylles héroïques.
FERD. DE LASTEYRIE
Les Travaux de Paris. 1
DE LATENA
Étude de l'homme. 1
ÉM. DE LATHEULADE
De la Dignité humaine. 1
ANTOINE DE LATOUR
L'Espagne relig. et littér. 1
Études sur l'Espagne. 2
La Baie de Cadix. 1
Tolède et les bords du Tage. 1
CH. DE LA VARENNE
Victor-Emmanuel II et le Piémont. 1
CH. LAVOLLÉE
La Chine contemporaine. 1
ERNEST LEGOUVÉ
Lectures à l'Académie. 1
JOHN LEMOINNE
Études critiques et biographiques. 1
Nouvelles études critiques et biographiques. 1
CH. LIADIÈRES
Œuvres dramatiques et Légendes. 1
Souvenirs historiques et parlementaires. 1
FRANZ LISZT
Des Bohémiens et de leur musique en Hongrie. 1
LE ROI LOUIS-PHILIPPE
Mon Journal. — Événements de 1815 2
LE VICOMTE DE LUDRE
Dix années de la cour de Georges II. 1
CHARLES MAGNIN
Histoire des Marionnettes. 1
FÉLICIEN MALLEFILLE
Le Collier. 1
HECTOR MALOT
Les Amours de Jacques. 1
Les Victimes d'amour. 1
La vie moderne en Anglet. 1
AUGUSTE MAQUET
Les Vertes-Feuilles. 1
LE Cte DE MARCELLUS
Chants populaires de la Grèce moderne. 1
CH. DE MAZADE
L'Italie moderne. 1
La Pologne contemporaine 1
ÉM. DU MERAC
Placide de Javerny. 1
MERCIER
Tabl. de Paris. Nouv. éd. 1
PROSPER MÉRIMÉE
Les Deux Héritages. 1
Épisode de l'Histoire de Russie. 1
Étud. sur l'Hist. romaine 1
Mélanges hist. et littér. 1
Nouvelles. — 4e édition. 1
MÉRY
Un Crime inconnu. 1
Monsieur Auguste. 2e éd. 1
Les Nuits espagnoles 1
Poésies intimes. 1
Théâtre de salon.-2e édit. 1
Ursule. 1
ÉDOUARD MEYER
Contes de la mer Baltique 1
L'ABBÉ TH. MITRAUD
De la Nature des Sociétés humaines. 1
CÉLESTE MOGADOR
Mémoires complets. 4
PAUL DE MOLÈNES
L'Amant et l'Enfant. 1
Aventures du temps passé. 1
Le Bonheur des Maige. 1
Caract. et Récits du temps 1
Comment. d'un soldat 1
La Folie de l'Épée. 1
Histoires sentim. et milit. 1
CHARLES MONSELET
L'Argent maudit. 1
La Franc-Maçonnerie des Femmes. 1
Les galanteries du XVIIIe siècle. 1
HENRY MURGER
Les Nuits d'hiver. — Poésies complètes. 1
PAUL DE MUSSET
Un Maître inconnu. 1
NADAR
La Robe de Déjanire. 1
LA COMT. NATHALIE
La Villa Galietta. 1

CHARLES NISARD vol.
Mémoires et correspondances hist. et littér. inédits, 1726 à 1816.
D. NISARD
Études de critique littér. 1
Études d'histoire et littér. 1
Étud. sur la Renaissance. 1
Souvenirs de voyages. 1
LE VICOMTE DE NOÉ
Les Bachi-Bouzoucks et les chasseurs d'Afrique. 1
TH. PAVIE
Récits de terre et de mer. 1
Scènes et Récits des pays d'outre-mer. 1
L. DE PESQUIDOUX
L'École anglaise (1672-1851). 1
Voyage artist. en France. 1
A. PEYRAT
Études hist. et religieuses 1
Histoire et Religion. 1
LAURENT PICHAT
Cartes sur table. — Nouv. 1
La Sibylle. 1
AMÉDÉE PICHOT
Sir Charles Bell. 1
GUSTAVE PLANCHE
Études littéraires. 1
Études sur l'école franç. 2
Études sur les arts. 1
ÉDOUARD PLOUVIER
La Belle aux cheveux bleus. — 2e édition. 1
F. PONSARD
Études antiques. 1
Théâtre complet.- 3e édit. 1
A. DE PONTMARTIN
Causeries littéraires. 1
Nouvelles Causeries littér. 1
Dern. Causeries littér. 1
Causeries du samedi. 1
Nouv. Causeries du samedi 1
Dern. Causeries du samedi 1
Le Fond de la coupe. 1
Les Jeudis de madame Charbonneau. 1
Les Semaines littéraires. 1
Nouv. semaines littéraires. 1
EUGÈNE POUJADE
Le Liban et la Syrie. 1
VICTOR POUPIN
Un Mariage entre mille. 1
PRÉVOST-PARADOL
Elisabeth et Henri IV 1
Essais de politique et de littérature. (2e série.). 1
Quelques pages d'Histoire contemporaine. — Lettres politiques. 1
F. PUAUX
Hist. de la Réform. franç. 6
LOUIS RATISBONNE
L'Enfer du Dante. 1
Le Paradis du Dante. 1
Le Purgatoire du Dante. 1
Impressions littéraires. 1
Morts et Vivants. 1
PAUL DE RÉMUSAT
Les Sciences naturelles. 1
LOUIS REYBAUD
La Comtesse de Mauléon. 1
Jérôme Paturot à la recherche d'une position sociale. 1
Jérôme Paturot à la recherche de la meilleure des républiques. 1
Nouvelles. 1
Romans. 1
Scènes de la vie moderne. 1
La Vie à rebours. 1
La Vie de corsaire. 1
La Vie de l'employé. 1
CHARLES REYNAUD
Œuvres inédites. 1
HENRI RIVIÈRE
La Main coupée. 1
AMÉDÉE ROLLAND
Les Fils de Tantale. 1
La Foire aux mariages 1
VICTORINE ROSTAND
Au bord de la Saône. 1
JEAN ROUSSEAU
Les coups d'épée dans l'eau
Paris dansant. — 2e édit. 1
C. A. SAINTE-BEUVE
Nouveaux lundis. 2
ST-RENÉ TAILLANDIER
Allemagne et Russie. 1
La Comtesse d'Albany. 1
Hist. et Philos. de Sismondi. 1
Littérature étrangère. 1
Écriv. et poètes modern. 1

GEORGE SA[ND]
André. 1
Antonia. 1
Constance Verrier. 1
Elle et Lui. 1
La Famille de Germa...
François le Champi
Indiana. 1
Jean de la Roche. 1
Lettres d'un voyageur
Mademoiselle la Qui[ntinie]
Les Maîtres Mosa[ïstes]
La Mare au Diable. 1
Le Marquis de Vil[lemer]
Mauprat. 1
Mont-Revêche. 1
Nouvelles. 1
La Petite Fadette. 1
Tamaris. 1
Valentine. 1
Valvèdre. 1
La Ville noire. 1
MAURICE SA[ND]
Six mille lieues à vapeur. 1
JULES SAND[EAU]
Un Début dans la [lit]trature.
La Maison de Penar[van]
FRANCISQUE S[ARCEY]
Le Mot et la chose. 1
EDMOND SCH[ERER]
Études critiques sur [la lit]térature contempo[raine]
FERNAND SCH[...]
En Orient. 1
EUGÈNE SC[...]
Historiettes et Prov[erbes]
Nouvelles. 1
WILLIAM N. S[...]
La Turquie contem[poraine]
DE STEND[HAL]
De l'Amour. — Seu[le édi]tion complète. 1
La Chartreuse de P[arme]
Chroniques italienn[es]
Correspondance in[édite]
Histoire de la peint[ure en] Italie. 1
Mém. d'un touriste
Nouvelles inédites.
Promenades dans [Rome]
Racine et Shakspe[are]
Romans et Nouvell[es]
Rome, Naples et Flo[rence]
Le Rouge et le No[ir]
Vie de Rossini.
Vies de Haydn, de [Mozart] et de Métastase.
DANIEL ST[ERN]
Florence et Turin.
MATHILDE S[...]
Le Oui et le Non dans [...]
EDMOND TE[XIER]
Contes et Voyages.
Critiques et Récits
CH. THIERRY
Six semaines en A[...]
ÉMILE THO[...]
Hist. des ateliers [...]
TIRSO DE MO[LINA]
Théâtre.—Traduit [al]phonse Royer.
MARIO UCH[ARD]
Le mariage de Ge[...]
Raymon. — 2e [édit.]
E. DE VALB[EZEN]
La Malle de l'In[de]
Récits d'hier et d'[au]jourd'hui.
AUGUSTE VAC[QUERIE]
Profils et Grimac[es]
OSCAR DE VA[...]
Les Manuscrits d'arg[ent]
MAX VAL[...]
Ges Pauvres Femm[es]
Les Victimes du Napo[...]
THÉODORE V[...]
Naples et les Napo[litains]
ALFRED DE V[IGNY]
Cinq-Mars. 1
SAMUEL VIN[CENT]
Méditations religie[uses]
Protestantisme en [...]
LÉON VINGT[...]
De la Liberté de la [...]
Vie publique de [...]
L. VITET
La Ligue. Scènes [...]
RICHARD WA[GNER]
4 poèmes d'opéras
FRANCIS W[...]
Christian (roman) [...]
E. YEMEN[IZ]
La Grèce moderne.
ros et Poètes